P9-AQR-409

El hombre que no fue Jueves

El hombre que no fue Jueves

JUAN ESTEBAN CONSTAÍN

LITERATURA RANDOM HOUSE

El hombre que no fue Jueves

Primera edición, abril, 2014
Primera reimpresión: mayo, 2014

© Juan Esteban Constaín
© 2014, Penguin Random House Grupo Editorial, S.A.S
  Carrera 5a. A No. 34-A-09
  Bogotá, D.C., Colombia
  PBX: (57-1) 7430700

www.megustaleer.com.co

ISBN: 978-958-58339-2-0

Diseño e ilustración de cubierta: Patricia Martínez Linares/Penguin
Random House
Fotografía modificada: *Basílica de San Pedro* de Andreas Tille.
Commons.wikimedia.org/wiki/File:StPetersBasilicaEarlyMorning.jpg

Queda rigurosamente prohibida, sin autorización escrita de los titulares de
copyright, bajo las sanciones establecidas por las leyes, la reproducción
total o parcial de esta obra por cualquier medio o procedimiento, compren-
didos la reprografía, el tratamiento informático, así como la distribución
de ejemplares de la misma mediante alquiler o préstamo públicos.

Impreso en Colombia-*Printed in Colombia*
Impreso por Editora Géminis Ltda.

Para Virgi.
Para Roberto y Juana.
Este libro que también es sobre el milagro de quererse.

Les digo: era simple cuando
ya estaba hecho, como los milagros...
G. K. CHESTERTON, *EL HOMBRE QUE FUE JUEVES*

La realidad es un lujo, la ficción una necesidad...
G. K. CHESTERTON

La humanidad no puede soportar mucha realidad...
T. S. ELIOT

ORACIÓN POR CHESTERTON

Dios nuestro padre:

Tú que has colmado la vida de tu siervo Gilbert Keith Chesterton con ese sentido del asombro y el gozo, y le diste esa fe que fue el fundamento de su incesante trabajo, esa esperanza que nacía de su perdurable gratitud por el don de la vida humana, y esa caridad para con todos los hombres, particularmente sus oponentes; haz que su inocencia y su risa, su constancia en combatir por la fe cristiana en un mundo descreído, su devoción de toda la vida por la Santísima Virgen María y su amor por todos los hombres, especialmente por los pobres, concedan alegría a aquellos que se hallan sin esperanza, convicción y calidez a los creyentes tibios y el conocimiento de Dios a aquellos que no tienen fe.

Te rogamos otorgar los favores que te pedimos por su intercesión de manera que su santidad pueda ser reconocida por todos y la Iglesia pueda proclamarlo Beato. Te lo pedimos por Cristo

Nuestro Señor. Amén. *

* Oración autorizada el 10 de marzo de 2013 por el entonces cardenal Jorge Bergoglio, tres días antes de ser elegido papa.

I

Era una mañana de carnaval. Lo recuerdo muy bien por las máscaras y por la lluvia que hacía temblar el agua de los canales, verde entre las piedras. Había niebla, solo niebla. Y uno caminaba a tientas hasta cruzarse con un arlequín o una horda de turistas japoneses: apariciones que apenas dejaban ver sus ojos desorbitados, y luego se perdían otra vez, y su voz con ellos. Yo, la verdad, veía filas de humo nada más. Sabía que era gente, pero solo quedaban su rastro difuminado, sus pasos y su risa por Venecia. Una ciudad en la que todo el mundo parece estar huyendo; como todas las ciudades en todos los tiempos —basta nacer—, pero allí más. Quienes la fundaron huían de los bárbaros en el siglo VI después de Cristo: huían de los temibles lombardos que cayeron por el norte sacudiendo sus espadas, su lengua incomprensible. Entonces miles de hombres y mujeres dejaron su casa en la Padania, en Verona o en Padua o en Vicenza, lo que hoy se llama así, y corrieron a esconderse, como ardillas, en esa isla que no era una sino más de diez: Burano, Torcello, Chioggia, Pallestrina… y sobre todo Rialto: un enjambre en medio del lago, un puñado de lianas y maleza flotando por milagro sobre el agua; como un redentor. Luego vendrían el mármol y el tiempo, pero primero fue la madera. Sobre ella se levantó Venecia, refugio y cárcel. Por eso todos huyen allí adentro. ¿De qué? No lo sé: de los lombardos, del tiempo. Casanova huía de su sombra y lo encerraron en las mazmorras del Palacio Ducal. Estaba acusado de ser un sátiro, un provocador, un enemigo de la fe, un disoluto, un vividor, un desalmado, un masón, un hombre libre; todo era cierto. El tribunal de la Inquisición de la Serenísima leyó el veredicto y dijo en latín y luego en vulgar:

No podemos condenar al infierno a este cortés caballero don Giacomo Girolamo Casanova, pues aun ese sitio sería insuficiente para sus excesos, las llamas palidecerían; y como es de una familia de honor, quizás convenga más confinarlo en la prisión del Dogo, Los Plomos, bajo la mirada de la República… Allí habrá de vivir el suplicio de su soledad tras los barrotes y las piedras. Podrá ver el mar una vez cada mes, siempre y cuando no haya doncella cerca ni tampoco señora de familia, pues nunca se sabe…

Fue una de las condenas más famosas de aquel año, aunque pronunciada en vano: apenas entró a la celda el reo, la primera noche, el 25 de julio de 1755, sintió cómo crujía el piso bajo su camarote. "Las paredes serán de plomo pero el suelo es de madera", se dijo, y en el acto fue urdiendo el plan de la fuga. A los dos días, mientras caminaba por el patio en su única ración de sol de la tarde, vio tirado un punzón de metal, herrumbroso y áspero; luego, observándolo mejor, descubrió que era un cristo: la figura de un cristo de estaño que había sido arrancado de la cruz. El cuerpo de Cristo, amén. Con ese punzón (con Dios) se persignó tres veces y lo puso bajo la manga, apretando con fuerza los dedos. Al volver a la celda, cuando ya no había nadie al acecho, levantó el colchón y no hizo más que cavar y cavar y cavar, y cavar, y cavar, hasta la madrugada. El olor a salitre se metía por los poros de la cárcel; quizás ya estuvieran los pescadores en el puerto llegando de Chioggia y los marineros también, con la ropa teñida de brea. Brea y sal. Sonaron las campanas de San Marcos, amanecía.

Así estuvo cavando durante meses el bueno de Casanova un hueco en el piso de madera de su celda, bajo el colchón. Porque la cárcel sería de plomo, como su nombre, pero el suelo no. Cada noche se ponía un trapo en la cabeza, miraba por las hendijas de la puerta si había o venía alguien, prendía una vela, se daba la bendición —siempre con el cristo, "yo soy la verdad, el camino y la vida"— y solo paraba cuando las campanas de San Marcos tañían a rebato y el olor del salitre llegaba a cada rincón de la prisión que de veras se llamaba así: *I Piombi* en italiano, Los Plomos. ¿Cuánto llevaba allí? No lo sabía ni quería saberlo. El tribunal, además, lo había condenado pero sin sentencia: era culpable, pero solo Dios y los inquisidores podían decir por cuánto tiempo, hasta cuándo. Y a veces pasaban años sin que abrieran la boca, a veces nunca la abrían; porque no hay peor castigo que el olvido y el silencio. Casanova no estaba dispuesto a esperar: cavaba, cavaba, que de cavar algo queda. Su carcelero era un pobre diablo llamado Lorenzo. Tan bruto, pero tan bruto y tan bueno y tan ingenuo, que más que su carcelero parecía su sirviente, su mayordomo; y acaso lo fuera. El preso le hablaba con dignidad y altivez, y pronto descubrió que la mejor manera de sacarle información era no preguntándole nada. El tipo decía cosas y Casanova se quedaba callado a propósito, porque había descubierto que así el otro, para demostrarle que no era un miserable ni un verdugo cualquiera, le iba revelando infidencias no solo de su proceso sino de todo lo divino y lo humano, todo lo que existe bajo el sol: quiénes más estaban en la prisión, dónde quedaban los calabozos de los pobres, cuántas planchas de plomo y de mármol había entre cada piso, pues no era únicamente madera…

Un día, sin embargo, le dijo algo terrible el carcelero: que se preparara porque ya no iba a estar solo. Otro acusado de calidad, otro sátiro famoso y de buen apellido, llegaba para hacerle compañía. En una semana, dos a lo sumo. Fue el primer compañero de los cuatro que tuvo Casanova en esa celda: Maggiorin se llamaba y no era ningún veneciano importante, como creía el pobre Lorenzo en el colmo de su pequeñez, sino el hijo de un cochero de Vicenza. Lo condenaron por un delito inevitable: se había enamorado de la hija menor de su patrón, que era monja y virginal hasta cuando lo conoció. Huyeron juntos por la vía de Rovigo y allá los detuvo la mano senil y temblorosa de la Inquisición; la mano enjuta y certera de los dueños de Dios. A ella, a la niña, la encerraron de inmediato en un convento en Francia, y a él allí en Los Plomos para que nadie sospechara ni preguntara nada. Por eso la noticia de Lorenzo era esa: un notable de Venecia, jajajajaja. Los otros tres compañeros de Casanova fueron un judío vulgar y lenguaraz, Gabriel Shalon; después, un friulano de nombre Squaldo-Nobili, loco como una cabra, que solo leía un libro: *La sabiduría de Charon*. Se trataba de un ajado manual teológico y místico y el tal Squaldo no hablaba de otra cosa, decía que allí estaba todo, los misterios del mundo y de la fe y de la magia. Por eso escribió en sus memorias Casanova, recordando el viejo refrán de santo Tomás: *Cuidado con aquel que no ha leído más que un libro*. El último inquilino de esa jaula fue el más grato y el más digno: el conde de Fenarolo, inculpado de pervertir, y con gran eficacia, a los hijos del propio inquisidor y a otros treinta jóvenes, entregados sin freno al secretismo y a la magia negra. "Pero ¿qué más se puede hacer en esta ciudad?", le dijo Casanova la primera noche que estuvieron juntos, luego de haberse reconocido en la mañana porque ambos eran caballeros decentes y frecuentaban los mismos salones. Le dijo eso y otra cosa aún más importante: "Usted es un noble, mi querido conde: en ocho días ya estará fuera de este infame lugar; yo mientras tanto seguiré rogándole a Dios que me saque de aquí". Lo curioso es que así fue: a los ocho días exactos entró Lorenzo por el conde, le dijo que se despidiera de "miser Giacomo", y después lo hizo cruzar el pórtico de la celda como si fuera una horca caudina, con los ojos tapados. Era inútil la venda, era de noche.

Pero la vulgaridad o la demencia o la nobleza de sus compañeros —basta nacer— no era en verdad lo que más mortificaba a Casanova, sino el hecho de que no pudiera cavar por las noches el túnel bajo el colchón. Por eso, cuando se fue el último de ellos y volvió a quedar solo otra vez, solo por fin, se empeñó con todas sus fuerzas y cavó y cavó como nunca. Cavó tanto que una madrugada tuvo el destello de un pasaje de Tito Livio sobre Aníbal que había leído en su niñez, con una solución fenomenal para todos sus problemas: cruzando los Alpes, el general cartaginés había roto una montaña entera regándole encima vinagre. Mucho vinagre y el acero de un hacha. Pues eso mismo iba a hacer él: que Lorenzo le trajera una botella de vinagre para esparcirla sobre el piso, que era de madera pero abajo tenía dos capas de plomo. Y el cristo hacía milagros pero no tanto, o se demoraba; así que mejor con el vinagre, mucho vinagre. Cuando por fin se lo trajo el guardián, en una botella de Murano, lo fue regando cada noche con sigilo y parsimonia, antes de seguir con el túnel que ya casi desembocaba en algún lado; según sus cálculos, en el Salón de la Justicia del Palacio Ducal, en la sala reservada del Consejo de los Diez. Era ya tan profundo el hueco que una madrugada Casanova no oyó las campanas a rebato de San Marcos, ni supo del salitre ni de los marineros en el puerto, no alcanzó a imaginárselos siquiera: siguió cavando y cavando y cavando, y al volver a la superficie ya era de día y Lorenzo lo esperaba como una fiera al acecho, la cara roja y congestionada y sudorosa.

—Gran bellaco: esto habrán de saberlo los inquisidores —dijo el carcelero—, pero antes tendrás que decirme quién te dio las artes y los arreos para abrir un hoyo así.

—Tú mismo —le contestó el sátiro sin inmutarse—. Tú mismo.

—¿Yo? —preguntó con estupor el pobre animal, como en una fábula—. ¿Dices que fui yo quien te dio todo para huir?

—Sí, sí —dijo Casanova—. Fuiste tú: tú y tu vinagre…

Lorenzo se sentó entonces a llorar como un niño. Ya llegaría el momento de vengarse y de seguir llorando. Y sí: a la mañana siguiente entró otra vez el carcelero a esa celda de su bochorno y su deshonra; como si el preso fuera él. No dijo nada de lo ocurrido, ni una sola palabra. Apenas sirvió una pinta de vino tinto, después cambió el agua, puso en orden las sábanas blancas. Pero antes de irse le susurró a Casanova:

—Alístate que los inquisidores han decidido darte una celda mejor, más limpia y más cómoda, solo para ti, rodeado de gente decente; dentro de una hora vuelvo para llevarte.

El reo quiso protestar, claro que sí; cómo no iba a hacerlo mordiéndose los puños si llevaba meses y meses cavando, para que al final viniera este pobre diablo a decirle que se merecía cosas mejores, que allá arriba iba a estar rodeado, por fin, Dios bendiga al Dios del cielo, de gente decente, gente de su condición. ¿Gente decente en una cárcel? ¡Qué disparate era ese, por favor! ¿Gente de su condición? Eran todos unos truhanes, unos rufianes. Eran todos como él mismo; por eso les temía.

—Yo estoy bien aquí, Lorenzo: diles a los inquisidores que soy su servidor y que les agradezco mucho, pero que estoy muy bien aquí, que aquí me quedo…

—Oh, no, por favor, por favor —dijo Lorenzo—: allá estarás mejor, te lo aseguro.

En una hora estaría allí de vuelta para llevarlo a su nuevo sitio, en la planta de arriba, al lado de los nobles de verdad (el conde de Fenarolo había ganado su título en un juego de naipes) y al lado de los religiosos, cuyos responsos y salmodias se oían por el piso todo el día, día y noche. No quería ni imaginarse las mañanas allá arriba Casanova, con las campanas de San Marcos tañendo a rabiar y el salitre y los marineros y el puerto. Y una procesión de letanías yendo por el piso de su piso, que era también de madera aunque la cárcel de plomo, *Sub tuum praesidium confugimus, Sancta Dei Genetrix...* Bajo tu amparo nos acogemos, santa madre de Dios. Tolón, tolón.

Al llegar a su nueva celda, amplia y limpia, Casanova no sabía muy bien qué hacer, si alegrarse por su suerte o seguir llorando. Lorenzo estaba con él y miraba deslumbrado semejante palacete. Lo había recogido con puntualidad, una hora después de despedirse como dijo, y lo hizo caminar por entre las escaleras de piedra que subían en círculo —y bajaban, pero casi nunca— hasta ese piso de nobles y de almas piadosas. El reo llevaba solo dos de sus libros, el *Orlando furioso* y la Biblia. Nada más se le había permitido sacar de su viejo aposento, cuyo colchón albergaba un túnel, como todos. El cristo iba en la manga, los dedos muy apretados y los labios más. Dos días estuvo Casanova sin dormir recordando lo que habría podido ser y no fue: su huida de esa mazmorra, llegar al otro lado del túnel y correr como nunca. Sobre el agua de los canales si era preciso, sobre los techos de Venecia que en la madrugada parecían de barro y de oro, brillando bajo el sol que apenas se asomaba por el Lido. El agua temblando y el mundo con ella; una ciudad ocre, casi de vidrio, iluminada. Pero al tercer día Casanova recibió un libro de un vecino de celda, algún tomo de las obras del sabio Christiano Wolfio.

—Os lo manda el padre Balbi, que duerme muy cerca de aquí, a dos habitaciones; supo por mí que llegasteis sin entretenimiento y me ha pedido que os lo dé —dijo Lorenzo.

Era obvio que el padre ese se había enterado de su llegada por Lorenzo y sus impertinencias, por quién más. Le agradeció al guardián y le pidió también que se llevara el vino y la pasta, pues no tenía sed ni hambre. Cuando estuvo por fin solo se sentó en su cama, pegada con clavos al piso, ahora sí, y abrió el libro para leerlo sin particular interés: Wolfio, un físico, un sabio, un alemán; tenía que ser muy aburrido ese libro. Al abrirlo, sin embargo, vio una hoja de papel suelta con una frase en latín, quizás de Séneca, escrita a mano: "Calamitosus est animus futurianxius": desgraciado aquel que sufre por lo que habrá de venir, decía más o menos. El padre Balbi le estaba mandando un mensaje, entonces; tal vez no todo estuviera perdido. Le respondió en esa misma hoja y en la misma lengua. "Latet", le puso, que es como picar el ojo diciendo: "Ya entiendo, ya sé", o también: "Acá va escondido, aquí yace". A la mañana siguiente le devolvió el libro a Lorenzo —"Sí, sí: anoche lo acabé, que en la prisión siempre hay tiempo...", le dijo—, y le pidió que por favor le agradeciera mucho al reverendo padre Balbi y que le pidiera de su parte, de rodillas, si no era muy atrevido e inoportuno, más lecturas y más luces.

A vuelta de correo tuvo Casanova un nuevo libro, esta vez en verso: las obras españolas del licenciado Miguel Serrano publicadas por don Guillermo Martínez, impresor: *Amargo es aprender ciertas lecciones: amargo y, sin embargo, inevitable…* Adentro venía, claro, otro mensaje: una carta en latín para que Lorenzo no pudiera entenderla, más extensa y explícita: "Soy el padre Balbi, como debéis saber. Celebro encontrarme en este piso con un caballero honrado como vos. Mi compañero de celda es el conde André Asquín de Udine, gran señor del Friuli. Él también se pone a vuestra disposición con todos sus libros que aquí posee, cuyo catálogo copio al final de esta. Seguir en contacto con vos nos haría enorme bien para sortear en algo las infidencias y la infame vigilancia de Lorenzo, bestia como no hay otra…".

Así empezó un cruce epistolar entre las dos celdas, oficiado por el mismísimo centinela que llevaba y traía esas palabras sin entender ni una sola, ni siquiera su nombre escrito en la lengua de Dios y no en vulgar, que era la suya: *Laurentius*. Pronto, muy pronto, Casanova se dio cuenta de que el padre Balbi era un imprudente y un pretencioso, pero igual, con tanto tiempo de más, disfrutaba de sus cartas delatoras en las que hablaba mal hasta del pobre duque de Udine, roncando a su lado. "Es duque pero no rico, y lo trajeron aquí sin saberse cómo, acusado de embarazar a una monja cuando es tan gordo que a duras penas puede caminar", decía en una de ellas. La respuesta del sátiro no se hizo esperar, siempre en latín: "Basta ya de perder nuestro tiempo aquí, reverendo padre. Quiero saber si su eminencia estaría dispuesto a luchar por su libertad junto a mí…". Balbi contestó esa misma noche: que qué pregunta era esa, que nada deseaba más en el mundo que romper las cadenas que lo aprisionaban a las piedras de ese sitio maldito. Por qué: ¿sabía acaso el señor de Casanova, *miser Giacomo*, de algún buen abogado que los liberara de esa sombra? ¿Tenía cómo llegar adonde los inquisidores e interceder por su buen amigo? No, dijo Casanova, no. Mi idea es otra: "Si salimos de aquí no será cruzando la puerta. Tengo un espolón que os hará mucha gracia, pues es el propio cuerpo de Nuestro Señor Jesús. Si me prometéis discreción os lo puedo mandar. Con él me iba a evadir de la celda pasada pero fui descubierto y ahora, todas las noches, debo ver cómo Lorenzo ausculta cuanto rincón de mi habitación para cerciorarse de que aquí seguiré quién sabe por cuánto tiempo más. Vos y yo, mi querido padre. De manera que no puedo mover un dedo pero vos sí: clavarlos todos en vuestro techo, horadándolo con el espolón hasta llegar a mí. Entonces nos iremos de esta cárcel del demonio…". Y lo cierto es que el plan tenía mucho sentido; tanto, que Balbi lo aceptó sin dilaciones en otra carta llena de delirios teológicos, "La Virgen está de nuestro lado". A Casanova lo espulgaban cada noche para que no se fuera, pero al cura no. Solo era cuestión de hacerle llegar el espolón.

Y Casanova supo cómo: le dijo a Lorenzo que quería celebrar el día de san Miguel haciendo un gran plato de macarrones con queso, pero que no tendría tranquila la conciencia si no los compartía con el reverendo padre Balbi y el duque de Udine, que habían sido tan amables y tan nobles con él. Los iba a preparar en el caldero de su propia celda y luego se los enviaría a sus benefactores; "habrá también para ti, Lorenzo querido, no te preocupes". Cuando estuvieron listos, Casanova llamó al carcelero, le dio el plato con la pasta humeante y debajo puso su biblia para completar el regalo: era una biblia de gran tamaño, en cuarto y con papel de arroz, la *Vulgata*, que sin duda haría muy feliz al sacerdote. ¡Había sido tan amable y tan bueno! Lorenzo cogió ambas cosas sin saber, claro que no, que en el lomo del libro iba oculto el espolón; el cuerpo de Cristo, amén. *Latet*, aquí va. Apenas lo tuvo en las manos, el padre Balbi se dedicó en cuerpo y alma a cavar y cavar, él también. Con la ventaja de que estaba abriendo el hueco en el techo —allí puso un lienzo gigante de la Virgen para cubrir sus progresos, *la Virgen está de nuestro lado*— y había que romper apenas una plancha de piedra. Lo que estaba arriba era una especie de cielorraso falso, una terraza, y encima sí estaba la otra plancha de plomo que salía al aire libre, en el tope de la cárcel. O sea que el trabajo estuvo listo muy rápido, aunque sin la ayuda del duque de Udine, que les juró a los fugitivos su silencio pero que prefirió no estar en el plan con un argumento irrefutable: en la cárcel vivía mejor que afuera. Así que por las noches el prelado se subía y caminaba por entre esa suerte de túnel que era el techo de todas las celdas; para saber cuál era la de Casanova fue golpeando en cada una de ellas, desde arriba, y cuando le respondieron con los tres golpes acordados en otra carta latina, supo que era allí y entonces se puso a cavar, otra vez. Cuando por fin hizo también ese agujero, cubierto por otro lienzo de la Virgen que Balbi había mandado de obsequio dos días antes para "curar las impiedades de ese inquilino disoluto", los dos socios pudieron verse y abrazarse, por primera vez en la vida, y fijaron la noche siguiente para escapar de allí como almas que corren por las brasas del infierno. Era el 16 de octubre.

El 17 en la mañana, sin embargo, Lorenzo llegó muy temprano a despertar a Casanova para darle otra pésima noticia: tendría que compartir por un mes y poco más esa habitación espléndida que le habían dado los inquisidores. "Lo siento mucho porque además se trata de un rufián", dijo el esbirro de veras compungido y apenado. ¡De nuevo, maldita sea, de nuevo el infortunio apagando la vela en el túnel! El rufián se llamaba Soradaci y era ordinario y nervioso. Entró a la celda con la mirada gacha, esposado, triste. Bastaba verlo para saber que era un alma ruin. Eso dijo Casanova en sus memorias:

Maldije la llegada de ese miserable no tanto porque su presencia me resultara insoportable, aunque sí, sino porque con él allí el plan de la evasión resultaba demasiado riesgoso. Por eso le escribí esa misma noche a Balbi, de urgencia: "Será imposible huir hoy; esperad noticias mías; ya no estoy solo". Luego entablé conversación con el tal Soradaci, y aunque de veras me parecía un monstruo, tuve que manejarlo con jesuitismo e hice grandes elogios suyos, sin que me importara un diantre quién era y sin haberlo visto jamás. También le pedí a Lorenzo que me trajera mucho más vino del habitual; así logré embriagar a mi nuevo inquilino, que todos los de su calaña son iguales: viven solo cuando beben.

Pasaban los días y mi estrategia era la misma: hablarle al cuervo entrometido con mucha flema, darle licor, atormentarlo con noticias increíbles y algunas obscenidades que para mí no eran difíciles de recordar, y una cosa más que luego probaría ser de mucha utilidad para mis planes: le dije que yo era un quiromante, un brujo, y que además de la adivinación practicaba la magia negra, los encantamientos, el ocultismo. *Gracias a mi fama de masón no tuve que excederme en los embustes para convencer al desdichado, ¡oh, Soradaci!, que apenas asentía con espanto ante cada nueva revelación de mis poderes y mis artes. Una noche le dije: "Tengo preparada mi fuga, no quiero que nadie lo sepa salvo tú; si me delatas, arderás devorado por el fuego". El pobre solo temblaba tapándose los oídos y entonces hice un truco más: abrí al azar el libro del* Orlando furioso, *y lo usé como usaban a Virgilio los antiguos en sus famosas "suertes" para adivinar el futuro: con los ojos cerrados puse el dedo en un verso cualquiera, y allí estaba la respuesta, en el canto noveno, en la estancia séptima: "Entre el fin de octubre y el principio de noviembre…". Grité con furia que las fuerzas del mal me habían iluminado, les agradecí su generosa voz. Después le puse una carta al Balbi con la orden perentoria: "En tres días, cuando sea de noche, entre el 31 de octubre y el 1.º de noviembre, esperarás en mi techo hasta que te invoque en esta lengua latina; bajarás y así nos iremos, ya verás…".*

Llegada la fecha de la evasión, dormí a placer sin siquiera probar bocado durante todo el día. Al despertarme, en la tarde, actué con estridencia y locura para infundir aún más miedo en Soradaci; hasta le hablé en lenguas, no sé bien cuáles. Por la noche, muy tarde, cuando ya la gente dormía y Lorenzo se había ido, dije que la suerte estaba consumada y grité en latín llamando a uno de mis ángeles. Por entre el lienzo de la Virgen que cubría en el techo el hueco que había cavado el Balbi, apareció él mismo descolgándose de sus sábanas hechas una larguísima soga que luego nos sirvió para la huida. ¡Cuál no sería la cara de horror de Soradaci al ver la confirmación de mi magia y mi maldad, jajajajaja! Le ordené que me cortara el pelo y al cura también;

que nos rasurara para quedar como caballeros. Cuando lo hizo trepamos al techo, diciéndole adiós para siempre a esa oscura cárcel, a sus piedras. Ya habíamos empezado a correr por el cielorraso y sin embargo quise devolverme a mi celda, lo cual significó un terrible sobresalto para el padre Balbi, quien me pedía en todos los modos que no arriesgáramos así la vida ni la piel. Pero tenía que hacerlo: volví como una aparición, aunque el Soradaci estaba aún petrificado rezando el santo rosario, y como pude saqué una hoja y con un tizón les dejé el último mensaje a mis captores, otra vez con la ayuda de Virgilio: "Fata viam invenient".

Fata viam invenient: "El destino siempre encuentra su camino". Así se despidió Casanova de Los Plomos de Venecia, huyendo de su sombra por entre el techo de las celdas. A su lado iba Balbi; detrás de él, una estela de sudor. Al salir a la terraza del Palacio Ducal, en la noche despejada aunque fuera el primer día de noviembre, los dos fugitivos se tiraron al piso para agradecerle a Dios; luego, bocarriba, contemplaron el cielo con el verso de Dante: *Entonces salimos para ver de nuevo las estrellas...* Durmieron una hora más o menos. Al despertarse aún era de noche, entonces buscaron la manera de bajar al primer piso, pero era tan alto todo que ni siquiera amarrando las sábanas de ambos podían acercarse a la terraza del Consejo, paso intermedio entre la cárcel y el suelo. "Tenemos que saltar, no hay otra salida", dijo Casanova, y obligó al cura a hacerlo primero. Se oyó su grito al caer, pero si gritaba es porque seguía vivo; el otro fue también y el golpe en las piernas lo hizo llorar y maldecir, morderse los puños para que nadie se diera cuenta. Desde allí fue muy fácil romper la claraboya del Salón de la Justicia y entrar al sitio mismo donde todos los días se reunían sus captores. El sátiro abrió un baúl para robarse el dinero pero solo había joyas; las puso en su bolsillo de mala gana. Balbi rezó tres veces, en latín, el padrenuestro. Entonces llamaron a un guardia que estaba de ronda al otro lado de la puerta. Casanova le dijo:

—Buen hombre, somos visitantes y nos quedamos encerrados por error; hemos buscado toda la noche la manera de salir de aquí y ha sido inútil. ¿Podríais ayudarnos con las llaves?

El tipo, frotándose los ojos, aún medio dormido, asintió sin más e hizo girar la chapa para abrir la puerta, pesada y enorme. Se le oyó un insulto en veneciano cuando ya los dos bellacos corrían por la plaza de San Marcos:

—*Cheicanidei to morti...*

Cheicanidei to morti: "Hijos de la gran puta". Así huyó Casanova de la cárcel de Los Plomos el 1.º de noviembre de 1756. *Fata viam invenient*, el destino siempre encuentra su camino. Huía de su sombra, del tiempo. Basta nacer. Se lanzó junto con Balbi sobre la primera góndola que halló en el camino y le dio la orden de ir a Mestre. Allí se separaron los dos fugitivos. El señor de Seingalt fue a Bolzano y el cura a Padua, donde la Inquisición lo encontraría otra vez, ahora para siempre.

No sé ni por qué cuento esto, o tal vez sí: porque era una mañana de carnaval cuando llegué a Venecia, y la niebla apenas me dejaba oír las voces que se iban difuminando entre los callejones. Yo también venía de Padua, o Padova como se dice en italiano, en un tren lleno de turistas y de indocumentados albaneses y rumanos que se bajaron en Mestre. La noche anterior me había llamado mi profesora y amiga Cinzia Crivellari a decirme que se trataba de algo muy delicado y muy serio. Que me necesitaba con urgencia, no importaba que fuera en carnaval. "Vente", me dijo, "y escoge un nombre para que puedan hablar contigo". ¿Un nombre? Sí, sí, insistió: "Un seudónimo, un heterónimo, lo que sea; es una gente muy seria. Un nombre que no sea el tuyo; eso pidieron, dime cuál". Le respondí casi sin pensarlo: Percy Thrillington entonces. Así me tenían que llamar. Llegué a la estación de Santa Lucía y como pude me abrí paso entre la niebla para buscar la universidad, yendo por el puente degli Scalzi y luego por la calle Lunga. Las campanas de San Marcos repicaban a rabiar.

II

La primera pregunta que me hizo Cinzia fue la primera
pregunta que hacen todos los italianos siempre, todos los
días, a cualquier hora del día: "¿Y qué comiste?". Le dije que
nada: que una Coca-Cola en lata, una barra de cereal y cinco
uvas en la estación del tren de Padua. No pudo evitar esa
cara de horror que ponen los italianos cuando descubren
que alguien no comparte su interés predominante y obse-
sivo por lo único que de veras les parece importante en la
vida: la comida. Lo demás —la política, la ley, aun el arte—,
lo demás es relativo y secundario. La comida jamás y de ella
se deriva todo: la política, la ley, aun el arte. El orden familiar, la vida. La razón profunda por la que la cultura italiana
es un matriarcado incorregible está allí, en el hecho de que
son las mamás, *le mamme*, quienes cocinan y así le dan sentido al mundo, solo así. Por eso los hombres italianos jamás
dejan de ser niños y cuando se casan no buscan una esposa,
faltaba más, sino una réplica de su mamá que les dé órdenes,
que los cuide y que los quiera y los seduzca, si se puede, pero
sobre todo que les haga la pasta como en su casa. Los talla-
rines de la *nonna*, los *gnocchi* de la tía Michelina, el tiramisú
de los domingos después de la carrera y antes del partido
que va antes del noticiero, a la hora de la cena: si es en invierno, con una sopa; si es en verano, con muchas frutas, o

al revés; lo importante es comer: el pan, el vino, el queso, el dulce, la siesta.

Y el lunes al trabajo, que es solo una manera de decirle a ese ritual en el que todo el mundo llega, muy temprano, y cuenta qué comió y les pregunta a los demás lo mismo, "¿Y qué comiste?". Y así la vida entera. Cinzia, sobra decirlo, era no solo mi profesora y mi amiga sino también una típica mamá italiana en ejercicio. Por eso me abrazó, todavía escandalizada de que yo anduviera comiendo porquerías por ahí, en la calle. De hecho se fue todo el camino hablándome de lo mismo, primero en un sermón sobre lo importante que era comer en la casa y sobre lo indolentes que éramos los latinoamericanos —"ustedes, los *sudamericanos*"— en materia tan delicada, y luego en un relato detalladísimo de lo que ella había comido la noche anterior: jamón crudo y queso asiago como entrada, después la pasta corta hecha en su propia casa con una salsa de pulpo y calamares y ostras marinadas, y el plato fuerte "muy frugal, muy suave": bacalao al estilo veneciano, el famoso *baccalà mantecato*, con ajo, pimienta, aceite de oliva y nuez del Brasil. Se desala primero el pescado (no sobra decir tampoco que los italianos añaden al placer de comer y hablar de lo que comen, siempre, el aún más culposo de narrar con minucia y fruición, como si estuvieran en la cocina, la manera en que preparan cada plato, con los matices respectivos de cada familia y cada receta especial de la *nonna* y de la *mamma*, "única, verás…"), se desala el pescado durante dos días, en agua que tiene que cambiarse cada doce horas; luego se cuece por media hora y se le quitan la piel y las espinas, se le añaden el ajo, una pizca

Roma y los bárbaros se llamaba ese descomunal encuentro de objetos arqueológicos, desde columnas y aretes hasta libros y escudos, que suelen ser lo mismo, referidos a la relación entre el Imperio romano y la Europa germánica, entre el Mediterráneo y el mar del Norte. La cosa abarcaba más de seis siglos y excedía la caída y los límites del Imperio; por eso había piezas bizantinas, eslavas, árabes, pero el grueso de la muestra estaba en la manera en que Roma, según sus armas y sus almas, veía a los bárbaros y viceversa. Yo, por supuesto, quedé deslumbrado, y de veras parecía un niño en aeropuerto corriendo como un loco cada vez que me encontraba con alguna maravilla de la que tenía noticia solo en libros y en documentales. Los muchachos en cambio guardaron la compostura, interesados en las cosas pero sin sobreactuarse, porque además ya estaban acostumbrados a ver todos los días, en cada rincón de su ciudad, las versiones más conmovedoras del pasado y la belleza. En eso consiste vivir en Venecia, ser de allí. El único momento en que algo los hizo detenerse un poco más, quedarse, fue también por mi culpa, pero no porque la seguridad del palacio me estuviera arrastrando como a un poseso que no dejaba en paz a los demás visitantes, no; aunque a punto estuve de que eso pasara varias veces, todas las veces. Fue en la parte de los libros, para mí la mejor y la más valiosa de la colección. Allí estaban el glosario anglosajón de Epinal y la transcripción del bestiario del *Códice de Exeter*. A ambos los conocía en fotos y por eso me acerqué maravillado a verlos y admirarlos, con la tinta ambarina sobre el pergamino, curtidos, las letras que todavía querían ser runas:

Đorn byþ ðearle scearp ðegna gehwylcum anfeng ys yfyl ungeme-tum reþe manna gehwelcum ðe him mid resteð.

Una niña me preguntó que qué eran esos libros, ese idioma. Le dije que el anglosajón, la lengua de Inglaterra hasta que llegaron los normandos en el siglo XI. Una lengua de hombres salvajes y ásperos, siempre en guerra, gritando con las espadas al aire. Traté de traducir el verso:

El rayo es agudo, siniestro para aquel que lo toque, severo con quienes buscan su compañía...

Yo había aprendido inglés antiguo por mi cuenta con dos gramáticas, la célebre de Joseph Wright y una más reciente de Richard Dimond, con antología de textos y un glosario completísimo. "Aprendido" es un decir, claro, porque había estado más bien jugando durante un año con esa sintaxis aliterativa, con esas palabras germánicas y monosilábicas y musicales, tan hermosas, que van arrastrando por el texto el rumor del acero y de las piedras, la marcha de su pueblo sobre el mar. Al principio fue difícil, por supuesto. Sobre todo entender la conjugación de los verbos fuertes y los verbos débiles y el sistema de las declinaciones, los nombres neutros, el "cambio vocálico" y el Ablaut y el Umlaut y en fin. Pero con algo de latín y de inglés, lo juro, se van descifrando los versos, los juegos de palabras, las metáforas. De hecho estaban tan intrigados los alumnos de Cinzia con el tema, que cuando volvimos al salón me pidieron que les contara más cosas, e incluso les di una explicación fugaz de los rudimentos de la lengua anglosajona. Les dije que cerraran los ojos, que me oyeran leer un fragmento, que se dejaran llevar por el sonido; hay lenguas que solo podemos comprender cuando las cantamos, cuando aprendemos su música, no su gramática. No hay mejor escuela que la poesía, no hay otra. El fragmento que leí ese día lo llevo siempre en la billetera, doblado en un pedazo de papel. Es de *El vagabundo*, un poema que está justo allí, en el libro de Exeter que acabábamos de ver en el Palacio Grassi:

Oft ic sceolde āna/ ūhtna gehwylce/ mīne ceare cwīþan:/ nis nū cwicra nān,/ þe ic him mōdsefan/ mīnne durre/ sweotule āsecgan…

Luego lo traduje sin la aliteración:

No son pocas las veces que solo me enfrento al amanecer, y no hay nadie a quien yo pudiera contarle mis penas…

En ese rapto de locura y lirismo nos vio Cinzia cuando entró al salón y también ella se puso a cantar, el mar. Por eso, desde ese día, supo de mis delirios anglosajones. Si no nunca me habría llamado a mí esa noche a decirme que se trataba de algo muy delicado y muy serio, que no importaba que fuera una mañana de carnaval. "Vente", me dijo, "y escoge un nombre para que puedan hablar contigo".

Y fui. Luego fuimos los dos por las calles de Venecia, a toda prisa, tratando de disipar la niebla. Era una mañana de carnaval, allí estaban los arlequines. Ya dije lo que me dijo Cinzia, que había que comer en la casa y cómo se preparaba el bacalao. Cruzamos no sé cuántos puentes, veinte o treinta, qué sé yo, hay tantos en la ciudad. Al llegar a Rialto me dijo que la esperara en un restaurante, que ya volvía. Que no me fuera por ningún motivo y que me hiciera adentro, no en la terraza. Yo le hice caso a mi profesora. Cuando volvió a los diez minutos venía con dos tipos: uno viejo, de anteojos y pelo muy blanco, y otro joven y calvo, con la camisa ceñida. Entraron, los saludé, se me acercaron. La Crivellari —así le decían mis compañeros en

Ca' Foscari, "la Crive"—, la Crivellari nos presentó a lo veneciano, de afán, casi con hastío. Como diciendo "esto no es importante, por favor, pasemos ya a ser amigos". Le dijo al tipo joven que yo era su alumno, del que le había hablado, "del que te hablé, no sabe nada y le vas a tener que contar". Nos dimos la mano, sonreímos. El viejo también me la dio y también sonrió, luego hizo un gesto amable para que me sentara. *Piacere, signor.*

—Queremos agradecerle mucho que esté aquí, señor Thrillington —habló el joven con gran cortesía, el viejo seguía sonriendo—. La profesora Crivellari nos ha recomendado mucho su nombre y con eso basta.

Luego, el viejo sacó una carpeta y la puso sobre la mesa. Entonces fue Cinzia quien me dijo por qué me había citado allí ese día de carnaval, por qué tanto misterio: esos dos señores venían desde Roma (sonrieron otra vez; tanta cortesía ya me estaba poniendo nervioso) con una misión muy delicada que les había encomendado el propio papa, su santidad Benedictus XVI. Sí, eran sacerdotes: Giuliano se llamaba el joven y Vincenzo el mayor. Ambos trabajaban en la burocracia del Vaticano, en la Congregación para las Causas de los Santos. No me dijo sus apellidos, así que supuse que esos nombres eran también seudónimos; pero no me importó, todos los nombres lo son.

El mío de ese día, Percy Thrillington, lo había escogido al azar, casi como un homenaje a Paul McCartney. Cuando Cinzia me llamó a decirme que me necesitaba en Venecia, que teníamos que hablar con esa gente tan seria, "vente", yo estaba oyendo en el computador esa joya de 1977, *Thrillington*. En realidad, Paul la produjo en 1971 como una versión instrumental de su segundo álbum en solitario, *Ram*, también de ese año. Puso a una orquesta dirigida por Richard Hewson a tocar todo el disco, canción por canción, de una sola sentada, con unos arreglos magistrales y una sección de vientos como del mejor Motown. Lo iba a lanzar al mercado pero se le atravesó la vida, como pasa siempre: Wings, los hijos, las giras, los días. Sin embargo, en 1977 sí lo hizo, con una eficaz campaña de prensa que logró intrigar durante meses a la crítica y al público en el Reino Unido. Cada semana salía un aviso en algún periódico, el *Times* o el *Daily Mail* o el *Guardian*, preguntándose quién era Percy "Thrills" Thrillington, dónde estaba, cuál sería su próxima aparición. El montaje incluía fotos en las páginas sociales: "Aquí está el famoso señor Thrillington hablando con David Bowie y el primer ministro", "Percy Thrillington asiste a las justas de caballos en compañía de Ron Wood". Todo lo pagaba Paul, y cuando salió el disco nadie supo que era suyo. Por eso luego fue una rareza de coleccionista ese vinilo original que cuadruplicó su precio en 1989 cuando el mismo McCartney, en una rueda de prensa, le confesó al periodista Pete Palmiere que sí, que Thrillington era él. Y no solo Thrillington: también ese Clint Harrigan que aparecía en la contratapa del álbum firmando una elogiosa nota sobre el director de la orquesta, y que había escrito además, en 1971, otro texto de encomio y explicación para *Wild life*, el primer larga duración de Wings, la banda de Paul y Linda y Denny Lane. Todos eran él, Thrillington y Harrigan y el Sargento Pimienta y la Morsa, y Wings, todos eran Paul. Todos los nombres son seudónimos, heterónimos.

Lo curioso es que fue John Lennon quien primero develó, sin saberlo ni quererlo, sin que le importara siquiera, la identidad de ese escritor apócrifo y mercenario en una carta llena de furia de 1971, quizás el peor año de la virulencia entre Lennon y McCartney después de la separación de Los Beatles. A decir verdad, Paul había empezado la guerra, y lo digo yo que lo adoro más que a nadie en el mundo y que soy de su bando, porque la humanidad no conoce, de veras, en lo más profundo, más partidos ni más facciones: o Lennon o McCartney, o el Correcaminos o el Coyote. Yo he sido siempre "macartniano" (y del Coyote) y me indigna cuando alguien desprecia a Paul por las razones más falsas y estúpidas: que era un compositor de baladas, que era un intrigante y un mojigato y un resentido, que se hizo vegetariano, que fue monógamo; que el verdadero rockero era John, como si *Helter Skelter* no bastara, o *I've got a feeling*, o *The back seat of my car*. Claro: eran universos contrapuestos, y esa fue la magia de Los Beatles: que allí confluyeron dos genios, cuatro, para salvar al mundo. Como decía Chesterton —ay—, lo mejor de los milagros, lo que más nos maravilla de ellos, es que ocurren. Y los cuatro de Liverpool fueron uno y yo los adoro a todos, aunque si me tocara escoger sería eso, macartniano. Amando con el alma a John, a George, a Ringo; sabiéndome todas sus canciones individuales, solos, después del final. Pero Paul es mi ídolo, qué puedo hacer. Y sin embargo lo uno nada tiene que ver con lo otro y la verdad es la verdad, ya dije: él empezó la pelea. Con justa razón, sí, porque los otros tres habían metido a Allen Klein para que les cerrara el negocio con EMI, y era obvio que los iba a robar también a ellos.

Y estaba Yoko, que llevaba su cama a las grabaciones de *Get back*, que gritaba a la hora de cantar, que miraba con sus ojos delgados y oblicuos y luego sonreía. Lo que antes era un cuadrado perfecto ahora era un poliedro, un desastre. Por eso, el 10 de abril de 1970, Paul McCartney sacó su primer disco en solitario, *McCartney*, con una entrevista hecha a sí mismo en la que decía que Los Beatles se habían acabado, que no iba a componer nunca más con John Lennon, y que prefería pasar el tiempo con su familia y sus perros, en su casa. En la tarde de ese día (*A hard day's night*), Dereck Taylor, el jefe de prensa de Apple, tuvo que emitir un comunicado en el que le confirmaba la noticia al mundo. Decía así: "La primavera está aquí y el Leeds juega contra el Chelsea mañana. Ringo y John y George y Paul están vivos y bien y llenos de esperanza. El mundo sigue girando, también nosotros y también tú. Cuando deje de hacerlo, entonces será el momento de preocuparnos. Antes no". El partido, en Wembley, quedó 2 a 2.

El 31 de diciembre de ese mismo año, Paul demandó ante la Alta Corte de Londres a sus tres amigos del alma; lo hizo para acabar con la sociedad comercial que los unía, no con la eternidad, que no se puede. En mayo del 71 sacó *Ram*, con dos canciones envenenadas que John Lennon supo muy bien que eran para él, contra él: *Too many people*, una burla del activismo y de la ingenuidad, y *Dear boy*, un típico lamento de amante desechado que se queja de lo mucho que va a sufrir su amado cuando descubra qué perdió. John hizo entonces la canción *How do you sleep?*, diciéndole a su viejo socio que era un fraude, que cómo podía dormir por las noches, que lo único que había hecho era

Yesterday y ahora *Another day*, y que esos payasos tenían razón cuando dijeron que estaba muerto, en una clara alusión a la noticia que corrió como fuego en 1969 sobre la presunta muerte de Paul en un accidente automovilístico de 1966. Según "esos payasos", McCartney fue remplazado por el expolicía canadiense William Sheppard y la trama se mantuvo en secreto por orden de Brian Epstein para no acabar con el mito de Los Beatles. "Dime: ¿cómo puedes dormir por la noche? Una cara bonita puede durar un año o dos, pero pronto ellos verán lo que haces, tu sonido es muzak para mis oídos". En noviembre del 71 Paul le dio una entrevista al *Melody Maker*, con su cara bonita, sus buenas maneras, sus ojos tristes. Dijo que todo era cuestión de firmar un papel y arreglar las cosas, separarse y ya; que Allen Klein era perverso, que por su culpa Los Beatles se estaban acabando; que John y Yoko estaban haciendo el ridículo, que pensaban más en la política que en el arte. Dijo también que la nota que estaba en la contratapa del álbum *Let it be* era pomposa, infatuada, innecesaria, una treta de Klein para vender más. ¿Para vender más? Entonces fue cuando John se enfureció. Puso en el correo una carta escrita con toda la bilis de la que era capaz, que era mucha. Ahí estaba la revelación: Paul McCartney no era solo la morsa, sino también Clint Harrigan y Percy Thrillington. El malnacido que escribía cosas sobre sus propias cosas. Todos los nombres, todos los santos.

Así que el azar había escogido mi seudónimo para esa mañana de carnaval en que llegué a Venecia, Percy Thrillington. Lo que me impresionó es que Giuliano y Vincenzo supieran la razón, aunque luego descubrí que no hay nada bajo el sol que no sepan los gendarmes de Dios, nada. El Vaticano es un laberinto poblado por serpientes y susurros, decía Maquiavelo. Pero ese día, sentado en ese restaurante de Rialto mientras Cinzia hablaba sin parar contándome los pormenores de lo que estaba ocurriendo, incluso el motivo de mi presencia allí, quiénes eran sus amigos y qué querían de mí, me impresionó mucho, muchísimo, que los dos sacerdotes supieran quién era el verdadero Thrillington. De hecho Vincenzo, el mayor, llevaba consigo uno de esos vinilos originales del año 77, y al final de nuestro encuentro me pidió sonriendo que se lo autografiara. Le escribí sin ningún pudor: "Para el padre Vincenzo, a la espera de un milagro". Luego nos despedimos tras una larga charla, ellos se fueron por la calle della Madonna hacia la estación ferroviaria: "Venezia Santa Lucia", como dice en italiano la voz pregrabada de esa mujer que anuncia dentro del tren que uno está llegando a la ciudad, para ver a lo lejos, sobre el agua, pedazos del crepúsculo y la bruma, las cúpulas de los templos y las fachadas de los palacios. Pedazos de bronce y de piedra que el sol enciende aun cuando está atardeciendo, cuando crecen las aguas en el invierno e inundan la plaza de San Marcos.

Allí, en esa plaza, muy cerca de la basílica, nos hicimos Cinzia y yo después de la reunión para seguir comentándola. La razón por la que los dos curas me habían buscado era una pura casualidad; es decir, una casualidad propiciada por la Crivellari. Giuliano, el menor, era veneciano y antes de irse para el seminario en Roma había sido su alumno de historia y de literatura medieval. Como todos los que pasaban por sus manos, la adoraba. Por eso pensó en ella cuando Vincenzo, su superior en la Congregación para las Causas de los Santos, lo llamó a decirle que había un asunto delicadísimo del que le acababa de hablar su santidad y que quería que ellos dos se ocuparan de él con total discreción, de inmediato. Paolo Gabriele, el mayordomo del papa, el hombre al que más quería en el mundo Benedicto XVI y quizás quien más lo conocía, había estado robando durante años información secreta —allí ninguna lo es, Dios no deja jamás la ventana cerrada— y ahora los periodistas y los espías y los comunistas rondaban cual pirañas, al acecho de lo que pudiera ensuciar a la Iglesia. Que no era poco, dicho sea de paso, pues de lo que ya se había publicado, apenas la punta de un iceberg más grande que la basílica de San Pedro, quedaban cartas y cheques y envenenamientos que habrían indignado al mismísimo Alejandro Borgia. O bueno: no tanto, pero casi, casi. Lo cierto es que las filtraciones tenían que ver no solo con la corrupción del Vaticano, tan antigua como Roma, sino también con procesos teológicos y canónicos de toda índole, muy serios; con decisiones políticas y dogmáticas, con asuntos de Estado. Por eso allá adentro, en ese laberinto, se habían disparado las alarmas de horror cuando se supo la noticia de los papeles robados, y todas esas almas al servicio de Dios empezaron a moverse como hormigas, ocupándose cada una de cualquier hilo que pudiera haber quedado suelto y al azar, por pequeño que fuera, cualquier rastro, cualquier eco. Hormigas con sotana, arrastrando cada una su hoja y su misterio.

Entre esos procesos canónicos cuyos secretos rodaban ahora por el mundo quién sabe en qué manos, había uno sueño a la vanidad. Creo que la había invitado el rector pidiéndole de rodillas que por favor diera unas lecciones, que no fuera indolente con los pobres. Dijo que sí porque las sesiones eran por la tarde y porque el campus estaba cerca de su casa y del mercado; así salía, compraba las cosas para la cena, y se iba a descansar y a leer sin que nadie le pidiera su góndola prestada. Y era, es de verdad impresionante: podía hablar de cualquier tema con una erudición que solo tienen los especialistas en cada cosa y ella en todas juntas. Nos hicimos amigos porque le parecía increíble que alguien fuera capaz de dejar el calor del trópico para irse a vivir a Italia, y menos para aprender historia entre la bruma de Venecia y la humedad de Padua. Luego empezamos a hablar de la vida, de los hijos, de los clásicos, y cuando tuve que hacer las horas de práctica como profesor que son obligatorias para recibir el título, lo cual me daba una pereza indescriptible porque yo estaba allí casi de vacaciones, por eso había salido del trópico donde sí daba clases, por eso, ella me propuso que fuera su asistente en el Marco Polo para matar dos pájaros de un solo golpe: acreditaba las horas como profesor en algún lado, y le hacía compañía y veía a sus alumnos dormir o fingir que dormían o que aprendían latín, aunque con ella nunca se quedaran dormidos. Ni siquiera miraban por la ventana. Yo sí, sentado al lado del escritorio de la profesora —*la prof*, como se dice en italiano—, viendo el agua verde entre los canales. Y al fondo el astillero, los armadores, el mar.

Un día Cinzia me pidió que antes de ir a la clase en el liceo llevara a sus alumnos, a todo el grupo, a una exposición que estaba abierta en el Palacio Grassi, en la Dogana.

de sal, la nuez del Brasil y la pimienta recién molida; con eso se hace un puré y ahí está: el bacalao de Venecia. "En mi casa lo hacemos un poco distinto…", me dice Cinzia: "En vez de la nuez del Brasil le ponemos nuez moscada, que da más sabor y es más peligrosa…". Es una variación de su abuela, "única". Así me lleva por esos laberintos, las calles venecianas, que se asoman sobre el agua verde. Vamos desde la biblioteca de la universidad, donde me puso la cita, hasta el Liceo Marco Polo, al otro lado de la isla, hablando de la vida, de lo que comemos y somos. La niebla sigue allí, las risas de la gente también. Pasamos no sé cuántos puentes, veinte o treinta, algunos de madera y los demás de piedra. "Todo es tan raro".

Y sí: es muy raro todo, le doy la razón a Cinzia Crivellari cuando me lo dice: una de las mejores profesoras de Historia que hay en el mundo, pues jamás enseña temas ni cosas sino pasiones; una sabia que habría podido dedicarse a escribir o a investigar en la universidad y ser una eminencia gris, una de esas vacas sagradas que pastan en la academia italiana sin jubilarse jamás, intrigando a tal punto que aun la mafia les teme. Pero no, ella no: ella quiso enseñar de verdad, con amor, y por eso se quedó en el colegio, en el Liceo Marco Polo, donde los jóvenes venecianos miran por la ventana hacia los canales, fingiendo que es más fácil aprender latín o historia que quedarse dormidos, y los que se duermen, todos, casi todos, es porque no pueden hacer quedar mal a su gremio. Dormirse en la clase es un asunto de honor; no quieren, pero hay que hacerlo. Con Cinzia nadie se duerme, nadie mira siquiera por la ventana hacia el canal que va hasta el astillero, el viejo astillero en el que se hacían las naves de la República. Desde que entra al salón, en el tercer piso, derrocha buen humor y sabiduría, y sus clases son siempre sobre cualquier cosa: sobre el tema que está en el programa, digamos la vida de un italiano en el siglo XII o los emperadores romanos asesinados en conspiraciones militares, pero luego acaban en una reflexión sobre las letras y la voz de Bob Dylan, en una diatriba contra los travestis de Rovigo por no saber combinar bien el amarillo y el violeta, o en lo que más les gusta a los muchachos del liceo: alguna anécdota amorosa de su juventud, fugándose en una lancha con un novio y su papá detrás, al acecho, en piyama y remando en una góndola. No conozco a nadie más que sea capaz de hacer eso. O sí, a otra mujer muy parecida, en Cambridge. La gran Mary Beard. Incluso logré que las dos se juntaran, que hablaran una tarde de verano en Florencia. Sin embargo, no hubo química o fue aun peor: que había tanta química entre las dos, que eran tan parecidas y yo las había condicionado tanto para la ocasión, que apenas se cruzaron con timidez unas cuantas opiniones sobre la vida de hoy, sobre la educación, sobre los clásicos y los hijos; nada más. También es que son temperamentos muy diferentes y su pasaporte lo dice todo: una italiana y una inglesa arquetípicas, de Venecia la una y heredera de viejas aristocracias que mandaban por igual en Oriente y en Occidente, de Cambridge la otra, rebelde, fanática de los Stones, agitadora en su juventud y maestra eminente de un college solo para señoritas liberadas, el Newham College. A veces pasa eso, además: que en nuestro panteón nuestros ídolos se conocen y se quieren, son amigos,

y no nos damos cuenta de que hay casos en los que [es] imposible, aun dañino. No porque nadie sea malo, ni [peor] ni mejor; no. Es solo que hay gente que no tiene por [qué] conocerse por fuera de la imaginación, y punto. Fue [lo] que ocurrió con el pintor y políglota Xul Solar y Macedo[nio] Fernández, dos genios a los que Borges y Bioy Casares veneraban como niños. Se sabían sus anécdotas, contaban siempre sus frases y sus prodigios; el día en que los presentaron (creían que iba a ser el día más importante de su vida, y de alguna manera lo fue) fue un desastre, se odiaron. O lo que es más triste, no pudieron quererse ni ser amigos, no tuvieron nada de qué hablar. Alguna vez una mujer despreció en público a Xul Solar, dijo que era un engreído y un patán y un hombre desagradable, un mueco; quienes estaban allí presentes no sabían cómo disculparse con él, que había inventado más de siete idiomas y en todos podía hablar. "Tranquilos, que Venus era más hermosa que ella", fue su respuesta. Las dos cosas las cuenta Bioy Casares en el libro póstumo *Borges* (Buenos Aires, Editorial Destino, 2006): más de mil quinientas páginas de su diario dedicadas al gran poeta, claro, y al resto del universo que ambos desmenuzaban por las noches con maldad profesional. Nadie se salva de sus juicios implacables, ni Voltaire ni Shakespeare ni don Alfonso Reyes, ni ellos mismos. Pero Macedonio Fernández y Xul Solar sí, aunque me estoy desviando.

A Cinzia Crivellari la conocí en la Universidad Ca' Foscari de Venecia. Fue mi profesora en la maestría de Historia. No sé ni por qué ella estaba allí, pues ya dije que prefería mil veces, y con toda la razón, el colegio a la universidad; el en apariencia intrascendente y menor, casi olvidado, absurdo: el de la santidad de Chesterton. Así como suena. Pero ya dije que no hay asunto intrascendente para los ojos de Dios y que todo lo que ocurre bajo el sol suscita su interés y su curiosidad. En este caso, además, el papa estaba muy mortificado con que destinatarios indebidos llegaran a conocer los pormenores y aun la existencia de una discusión que era solo religiosa, y que sin embargo tenía unas implicaciones incalculables para la historia de la Iglesia y del cristianismo, más allá de la modestia del tema; o quizás por ella misma. Por eso su santidad había llamado al padre Vincenzo, comisario de la congregación que vuelve santos —o no— a los hombres: para que de inmediato se hiciera cargo de "la cosa", con total sigilo, sin que llegara a oídos de la prensa ni de los masones, nunca se sabe; nunca está uno a salvo, ni siquiera en la casa del Señor. Podía, debía dedicarse solo a eso, con su mejor gente. El padre Vincenzo llamó entonces al padre Giuliano, su hombre de confianza, un veneciano brillante y silencioso, cortés, cultísimo. Lo puso al tanto del asunto con gran detalle, los documentos desplegados sobre su mesa. No era nada fácil, podía darse cuenta. Y sería largo y tortuoso el camino. Ahora: lo primero que tenían que hacer sí era encontrar a alguien que pudiese traducir para ellos, con el perfil más bajo, los fragmentos en inglés antiguo de los folios del legajo mayor del expediente y también de muchas de las esquelas sueltas que estaban "fuera de la causa". En Roma había varios expertos, claro, y también en Inglaterra y en los Estados Unidos; el profesor Eugenio Olivares en la Universidad de Jaén, en España, o el profesor

Marsden, en Cambridge. Pero las eminencias no servían en este caso, ni seculares ni sagradas, porque era una tentación demasiado fuerte para la vanidad. Nadie garantizaba que un gran profesor de anglosajón, por riguroso y serio que fuera, no prefiriera quedarse con la gloria antes que salvar su alma ayudándole en silencio a la santa madre Iglesia en uno de sus trances más difíciles y más extraños. No. Por eso había que buscar a alguien sin importancia, casi a un aficionado. El padre Giuliano pensó entonces en su profesora de toda la vida, Cinzia Crivellari. Si ella no sabía quién, era seguro que sí sabría quién sí sabía quién.

La llamaron, me llamó. "Vente", me dijo, "vente mañana a Venecia, lo más rápido que puedas". No importa el carnaval. Dios sabe de milagros.

III

Lo primero que hice fue oler el papel. Siempre lo hago, siempre: con los libros antiguos que conservan intacto el sabor de la madera, su recuerdo, los árboles que fueron; y los libros nuevos que algún día serán viejos. Una vez di un curso sobre la historia del libro. Pero era más bien sobre "las historias del libro": sus orígenes, sus mártires, sus víctimas. Al principio hablábamos de cosas casi técnicas, como los papeles que se usaban en la Antigüedad para escribir, o los nombres y las clases del papiro según Plinio el Viejo, o la etimología de una palabra sola, tan extraña y tan bella: *página*. Del latín *pango* o *pago,* que quería decir "fijar, componer, sembrar". Las páginas eran de papel —el follaje de los árboles— pero a veces eran también de plomo, o de cera sobre una plancha de plomo que se llamaba, oh, "la tableta". Cuando a las palabras se las robaba el viento o un ave y había que aprisionarlas; inscribirlas.

Así que en esa clase hablábamos de Alonso Quijano, de Borges, de Alfonso Reyes y la "capilla alfonsina", de Nicolás Gómez Dávila, de Aby Warburg, que fue un rico heredero de banqueros judíos, primogénito, y un día, cuando tenía catorce años, les dijo a sus hermanos que él renunciaba al derecho de quedarse con toda la fortuna de sus papás si ellos se comprometían a darle hasta el final de su tiempo la plata que necesitara para comprar lo único que de verdad le interesaba en la vida: todos los libros; todo el tiempo. Y sus hermanos aceptaron ese trato escrito sobre el papel de la niñez, que es el único que no se borra. Y lo cumplieron: mientras ellos hacían negocios multiplicando la herencia cada día, cada hora, cada minuto (el banco, una fábrica de carros, palacios en toda Alemania y en Austria y en Bélgica), Aby compraba libros como loco sobre los más variados temas, desde la arqueología mesopotámica hasta los rostros de los indígenas norteamericanos, con los que vivió una larga temporada en el desierto. Su obsesión era, sin embargo, la cultura del Renacimiento en Italia: los paisajes, la erudición de los magos, el hermetismo, el cielo de la Toscana, los pies de las florentinas. Las razones por las cuales ese país, en ese momento preciso de la historia, había sido el artífice de semejante erupción de belleza y plenitud. Fue justo tratando de comprender los misterios y las señales ocultas e inconscientes de la pintura italiana del siglo xv como Aby Warburg llegó a concebir su impresionante sistema filosófico e interpretativo, una verdadera teoría del arte. Cogía un cuadro cualquiera, digamos que *La primavera* de Botticelli, y entonces analizaba lo obvio: el estilo, la composición, la técnica, el color. Luego hacía una lectura simbólica de la pieza, y además de reconocer la evidencia de los elementos clásicos griegos y romanos que habían influido en el artista —el lugar común del Renacimiento, pero no hay lugar común que no sea cierto—, además de eso empezaba a diseccionar a ciegas pedazos de la imagen en los que iba encontrando pequeños gestos, pequeños motivos, figuras, formas, alusiones, detalles, que eran los que al final revelaban todo el significado de la obra y la remontaban a un universo ancestral que lo incluía todo y en el que el azar era el orden. Para Aby Warburg el azar era mucho más que eso, y así mismo, con esa consigna, levantó su descomunal biblioteca en Hamburgo: un salón circular en cuyos estantes se agolpaban miles de libros venidos de todo el mundo y todos los tiempos, y cuyo orden no estaba dictado por el color ni por el tamaño ni por el tema, ni por la lógica del alfabeto, sino por un caprichoso juego de asociaciones y afinidades que luego probaban ser mejores, más justas, como de veras ocurría en la vida: a un tratado sobre los inventos y el arte de Leonardo da Vinci le seguía una historia del neoplatonismo en Bizancio, por ejemplo, y al lado una antología de las letras de los primeros cantantes de *blues* en el delta del Mississippi, al sur de los Estados Unidos. ¿Tenía algo que ver lo uno con lo otro y con lo otro? A simple vista no, en absoluto, pero Warburg quería demostrar que sí: que no hay hilos sueltos y que los libros de una biblioteca terminan encontrando siempre su lugar en el mundo, como los seres humanos, como las almas que lo pueblan; internet antes de internet. El siguiente empeño de este santo, cuando ya tenía un edificio plagado de pergaminos y de cuadros y de esculturas, fue hacer un instituto con su nombre para que los historiadores y los orates pudieran pasar allí el tiempo que se les diera la gana, confiando al azar y a la magia la suerte de sus descubrimientos.

Vino entonces la Gran Guerra y el proyecto tuvo que aplazarse, pues era imposible pensar entre el fuego: ese fuego que se había llevado a los hijos de todas las familias, y que tiñó las fronteras y las calles de la vieja Europa. Uno ve las fotos de la Primera Guerra Mundial y no lo puede creer, aunque tampoco quienes en ellas combaten o sobreviven, o caen, como en una película de horror en que solo aparece la última mirada de sus protagonistas, el último rostro: millones de hombres de bigote que hasta hacía poco estaban en el cabaret o en la universidad, suelen ser lo mismo, ahora corriendo allí como los caballeros que eran. Huyendo de la muerte o sembrándola, sin saber por qué, sin entender nada. Basta nacer. Además, Aby ya empezaba a mostrar los primeros signos de una demencia que lo iba a seguir hasta el final, en 1929. Había trabajado demasiado y la emoción por la belleza le desquició las entrañas y la serenidad; sus viajes y sus obsesiones fueron su abismo. En 1926 el Instituto Warburg abrió por fin sus puertas, y tres años después, al morir su fundador (*Hamburgués de corazón, hebreo de sangre, florentino de alma…*, dice su epitafio), su discípulo amado, Fritz Saxl, se hizo cargo y lo mantuvo en pie con la misma entrega y los mismos principios de generosidad y misticismo con que se había hecho. Pero ya para entonces Alemania empezaba a verse a escondidas con el diablo, un pueblo y un imperio y un líder, y pronto, bajo las hendijas de las puertas, se iba a deslizar el horror, devorándolo todo a su paso. Con sadismo y deleite, según lo cuenta Stefan Zweig en sus memorias, recordando que en Austria, al llegar el régimen, las primeras normas de la infamia se referían a cosas insignificantes de la vida cotidiana: ir a ciertos lugares, vestirse de determinada manera. Pronto se les prohibió a los judíos sentarse en las bancas de los parques. Que fueran, sí, claro que sí, pero siempre de pie. Caminando todo el tiempo, quizás como un ritual anunciatorio de lo que les esperaba en los hornos de cremación. También eso lo cuenta Javier Marías en alguna parte. Y luego, cuando se abrieron las puertas de esos lugares malditos, cuando millares de hebreos tuvieron que atravesar sin regreso esas horcas caudinas, Fritz Saxl supo que había que correr. Pero no podía hacerlo solo, jamás; se lo había prometido a Aby Warburg, que fue como un padre para él. Y entre las llamas y los gritos muchos alemanes estaban salvando como mejor podían a unos pocos judíos que así lograron sobrevivir a la desaparición de su mundo, el mundo de ayer. Les quemaban todo, menos la memoria. Y corrían. Y como los esbirros del poder siempre tienen un precio —siempre, tarde o temprano—, algunos piadosos benefactores de la Alemania que no se enloqueció le compraron al diablo el alma de unos pocos que pudieron irse y volar, recordar. Eso mismo hizo Saxl: cogió su fortuna y la llevó donde el jerarca nazi de Hamburgo, el más siniestro. Le dijo: "Todo esto es suyo si me deja largarme de aquí; a mí y a mis libros". El tipo miró para ambos lados, sonrió. Un libro más o un libro menos no le iba a hacer falta a nadie allí, podía llevárselos adonde se le diera la gana. Eso sí: los barcos los pagaba el dueño, en secreto. Que nadie se enterara. Un libro más o un libro menos: ninguna hoguera los iba a extrañar allí, ¡todas crujían a rebosar!

Fue así como lograron salir del infierno los miles de libros de Aby Warburg, montados en secreto en dos buques que zarparon del puerto de Hamburgo en la noche, sin mirar atrás. Sobre ellos iba Fritz Saxl, llorando y feliz. La Universidad de Londres los recibió como lo que eran:

héroes de guerra; exiliados. Los puso en una casa de Bloomsbury regidos por el azar, tal como lo quiso siempre su primer dueño. Es la célebre biblioteca circular del Instituto Warburg de Londres. Y cuentan que los dos empleados que durante un año la fueron montando para que quedara idéntica a como era en Alemania le añadieron un nuevo elemento clasificatorio que Aby Warburg nunca contempló en su sistema caótico y certero: el olor. Los tipos cogían un libro y antes de llevarlo a un estante cualquiera, lo olían; y según el aroma (ahora también) lo ponían aquí o allá. Les parecía que ese tenía que ser un criterio fundamental en ese orden delirante de la mejor biblioteca del mundo, que aún hoy está allí. En pie, recordando. Por eso en mi clase sobre la historia del libro la parte final era esa: el olor, las maneras que hay para oler los libros y para reconocer así casi todo de ellos: su tiempo, sus materiales, su historia. Incluso la calidad de su contenido. Yo podría decir que los mejores lectores son también catadores que antes de leer huelen con fruición y morosidad cada ejemplar, cierran los ojos, reconocen el pegante y la naturaleza del papel, el cuero, el tiempo; la madera y el licor. La cepa del mejor vino. Hacíamos una cata en mis clases y creo que aprendimos mucho todos. Yo por lo menos.

Lo primero que hice al volver a mi casa en Padua, entonces, fue oler el papel. Como siempre lo hago. Hojas de muy buen espesor con algunas sombras, la humedad. El aroma intacto del archivo y los estantes, demasiados días y años, demasiado polvo contenido allí, demasiado tiempo; eso hacemos los espías del pasado, sacudirlo. Madera italiana, supongo. Unos folios grandes, todos escritos con la misma letra: una letra impecable y cursiva, educada sin lugar a dudas en el seminario, mediados del siglo xx. Había también unas fichas amarillas de fabricación más reciente, con otra letra y además sin un texto de verdad: solo números y figuras y siglas, claves cifradas, abreviaturas. La carpeta llevaba un solo rótulo muy simple, en latín: *Causa Sanctitatis Gilbertis Keithis Chestertonis, anglicus.* Proceso de la santidad de Gilbert Keith Chesterton, inglés. El padre Vincenzo, el mayor, me explicó todo en detalle al entregarme los papeles junto a Cinzia en ese restaurante de Rialto. "Es todo lo que necesita saber, las preguntas también son respuestas, vaya con Dios…". Más o menos desde 1998, me dijo, había surgido en el mundo católico la idea de considerar en serio el tema de la santidad de Chesterton, quien además de ser uno de los mejores escritores de la literatura inglesa de todos los tiempos, se había convertido al catolicismo en 1922, luego de varios años de profundas inquietudes espirituales. Primero fue agnóstico, luego anglicano, y en ese año "providencial" entró a la Iglesia romana para ser uno de sus más agudos defensores, usando su "genio colosal" —la expresión es de George Bernard Shaw— pero sobre todo su pluma implacable y mordaz, esa mezcla de ironía y compasión con que se ocupaba de todas las cosas de los hombres: desde las novelas de Dickens o las canciones de Chaucer o los silogismos de santo Tomás, hasta la importancia de no salir corriendo en la calle tras nuestro sombrero cuando un ventarrón se lo lleva, porque nada revela mejor la condición humana que el ridículo. Ahora: que Chesterton fuera un gran hombre o un gran teólogo o un gran novelista o un gran cuentista era una cosa, pero que fuera un santo era otra muy distinta, "pero muy distinta", me dijo con énfasis el padre Vincenzo.

En el 2005, sin embargo, un curioso evento hizo que el Vaticano empezara a ver con otros ojos esa especie de exabrupto que hasta entonces no pasaba de ser más que eso, un juego, un divertimento de los admiradores del maestro en el mundo entero. Durante la conferencia anual de la Sociedad Chestertoniana de ese año, en Buenos Aires, el padre Johann Child recordó que al morir Chesterton en 1936, el papa Pío XI lo había proclamado como Defensor de la Fe Católica, celebrando sus méritos de aguerrido polemista. Quizás ya fuera hora de pensar también en su canonización, pero en serio. Además porque ahora sí —había dicho el padre Child—, ahora sí había un milagro para enviar a Roma. No iba a revelar allí cuál, no era tan tonto, pero lo había. De hecho, el sobre sellado con la información llegó a los pocos días al Vaticano, por una vía de tan alto vuelo que además llegó sin intermediarios ni demoras a las propias manos del papa Benedicto XVI, recién elegido. Uno diría que un papa no está para esos oficios, abrir sobres y cosas así, y menos un papa recién elegido. Pues este sí lo estaba y abrió el sobre con gran curiosidad; decía apenas en el dorso: *El milagro de Chesterton*, remitido por el R.P. Johann Child a través del R.P. Jorge Bergoglio, de la Compañía de Jesús. Me contó el padre Vincenzo que dicen que ese día, después de leer el documento, Ratzinger se permitió incluso un chiste, sacando de su biblioteca un ajado ejemplar de *La inocencia del padre Brown*: "Esto es como para el padre Brown". Entonces hizo llamar a uno de sus hombres de confianza y le dio la orden de llevarle esos papeles al cardenal portugués José Saraiva Martins, viejo amigo suyo y de Juan Pablo II, prefecto de la Congregación para las Causas de los Santos. "Él sabrá qué hacer con esto", dijo el papa mientras se comía una salchicha de ternera con chucrut y una cerveza. Luego fue a leer a Orígenes de Alejandría y a tocar el piano, una versión suya del *Summertime* de Gershwin que suele tocar cuando nadie lo ve, solo Dios. También la toca cuando algo lo intriga y lo emociona mucho. Entonces incluso la canta, y si en vez de una han sido dos o tres las cervezas, la canta con su imitación de Nina Simone que es célebre entre la vieja guardia de los teólogos de la Universidad Gregoriana y la Universidad de Bonn. Uno diría que un papa no está para esas cosas, pero los misterios del Señor son inescrutables.

Lo que me explicó el padre Vincenzo es que hay dos formas de llevar un proceso de canonización en la Iglesia católica: la "tradicional y única" (?), llena de requisitos, y otra que es un poco diferente porque en sus inicios no sigue la vía solemne y establecida de las demás causas, sino que por razones políticas o de conveniencia el papa hace que algún funcionario de la Congregación verifique de manera informal los indicios de santidad que le han sido referidos dentro del mayor sigilo —sigilo quiere decir eso, sello y cerrojo—. La primera es la de todos los santos, digamos; la segunda tiene matices y condiciones especiales y solo desemboca en el proceso normal cuando las averiguaciones ordenadas por su santidad han logrado probar la virtud del santo y algo aún más importante: que dicha virtud no es peligrosa ni imprudente para los intereses de Roma; al contrario. A veces hay santos que incomodan demasiado a la Iglesia; sobre todo los verdaderos. ¿Y cómo es entonces el proceso normal? Pues tan truculento y tan sinuoso que no es raro que en él los buenos de verdad se agoten o se extravíen y en cambio los malos logren cruzar la puerta de salida sin el menor rasguño, entre aplausos y zalemas. Lo primero es que la comunidad de fieles que vivieron junto al presunto santo (no sobra tocar madera) escoja a un representante y lo nombre postulador de la causa ante un obispo, el cual debe recoger todas las evidencias que pueda y llevarlas a la Santa Sede; allá estudian con lupa papel por papel y testimonio por testimonio, y si todo está en orden emiten con flema, casi con desdén, un *nihil obstat*: el permiso para seguir adelante con el desvarío o la apoteosis, o ambas: quién convence a nadie de nada, Señor del cielo. Entonces el candidato —llamémoslo así como en la vieja República romana llamaban a los políticos en campaña, por su toga blanca, cándida— es declarado Siervo de Dios y se le levanta un prontuario al mejor estilo de los grandes criminales: la Congregación para las Causas de los Santos le pide a uno de sus hombres que sea relator de la causa y que refiera con detalle las proezas y las virtudes del aspirante; pero también le pide a otro funcionario, uno escéptico y elocuente y antipático, mordaz y altanero, que haga las veces de promotor de la fe: es el famoso "abogado del diablo", tal como se lo llamó siempre dentro del Vaticano, y que desde el siglo XVI ha estado allí para oponerse a todas las candidaturas que pretendan coronarse en los altares de la fe. La suya es una labor purificadora, que señala las falacias y los vacíos en el prontuario y que tiende un manto de duda, sutil, perverso, risueño, sobre los presuntos milagros del santo en potencia. Pero si la voz del abogado del diablo no logra imponerse, si aun después de sus advertencias la causa sigue en pie, entonces una comisión de nueve teólogos revisa por última vez los papeles, se miran todos los miembros (de la comisión) los unos a los otros con gran severidad, y declaran al aspirante *venerable*, héroe de la fe. Queda ahora sí esperar un milagro de verdad: que se sepa con total certeza de alguien que pidió una gracia por su intercesión y le fue concedida. Cuando ello ocurre el *venerable* se convierte en *beato*, y si el milagro se repite (que sí) deviene en *santo*: una misa celestial se canta en su nombre y el papa ordena que siempre lo anteceda esa palabra feliz y tortuosa que es la última piedra de tan largo camino, *santo, santo, santo*: tres veces santo el que la lleva a cuestas, sobre todo si la mereció en vida. Jejeje, como se decía en tiempos de Casanova.

Al tercer día de haber recibido esos documentos que le enviaba —todo esto me lo contó el padre Vincenzo ahí en Rialto; nunca pensé que fuera tan lenguaraz el curita, por eso mi dedicatoria en el álbum de Thrillington: *A la espera de un milagro…*—, el cardenal Saraiva Martins le pidió con premura una audiencia al papa, "lo más rápido que fuera posible, a solas". Se vieron esa misma tarde en la cámara privada de su santidad, rodeados de libros, una botella de vino tinto sobre la mesa de centro del estudio, al fondo del cual se alcanzaba a ver la cama austera en que dormía el nuevo vicario de Cristo: la misma cama de Juan Pablo II, la misma de todos los pontífices desde que León XII la puso allí en 1828 tras caerse de la anterior, una enorme yacija de los tiempos de Alejandro Borgia que por eso mismo era también un cepo, una trampa para serpientes y ratones y un surtidor de venenos. ¡Qué iba a saberlo el pobre León XII, Annibale Sermattei della Genga, que se acostó una noche allí y al despertarse en la madrugada, aturdido, sudoroso, vio que su piyama se le enredaba en unas ganzúas renacentistas y su cuerpo volaba por los aires, como un arcángel desnudo y decrépito! Al otro día el papa hizo llamar a su chambelán. Lo esperó sentado en el sitial de san Pedro, furioso, las manos entumidas y clavadas en cada brazo de esa especie de trono y castigo, la mirada en un punto fijo, destilando fuego gota a gota. "No quiero volver a ver nunca más ese potro del demonio en mi habitación", dijo apenas, y el pobre chambelán asintió sin pronunciar palabra, luego dio media vuelta y se fue. Desde entonces la cama es esa que veía al fondo del estudio de Benedicto XVI el cardenal Saraiva Martins: de roble, tendida toda de blanco, al lado el piano. Abrieron la botella de vino, brindaron. Por el padre Brown. Ahora sí en serio: por el vino, brindaron por el vino, qué mejor motivo. *In vino veritas.*

—Santidad, tengo que hablar con usted —Saraiva Martins sacó los documentos del sobre que tres días antes le había enviado el papa; o supongo que eso le dijo: así de preciso fue el relato del padre Vincenzo, que no me cuesta a mí imaginarme la conversación y recrearla.

—Dígame sin dilaciones, eminencia —le respondió Benedicto XVI apurando con deleite su copa. Luego hizo que el cardenal lo acompañara hasta la recámara y se puso al piano. Sus arpegios retumbaban por todo el lugar, con aire de *blues*, quién lo creyera.

—Estuve revisando con gran piedad e interés los documentos que me envió —dijo el portugués mirando el teclado del piano, como si supiera tocarlo o le importara—. Se trata de un milagro, en efecto. Pero ese no es el problema; usted sabe mejor que yo que ese suele no ser el problema aquí.

—¿Cuál es entonces, querido José? —el papa hizo esa pregunta llamando al prefecto por su nombre de pila, lo cual no es común entre los altos jerarcas del Vaticano, que son muy formales y usan el apellido, a menos que haya mucha confianza y sea en una circunstancia excepcional, como en este caso. Sé que es casi una infamia y una falta de respeto, lo sé, pero al imaginarme la conversación juro que no puedo evitar ver a Benedicto XVI un poco como el Gato Risón de *Alicia en el País de las Maravillas*: con su voz parsimoniosa, sus zapatos de Prada, su piano, el vino, sonriendo. Preguntando.

—El problema es que ya antes, hace mucho tiempo, se había discutido la posibilidad de llevar a Chesterton a los altares —el cardenal hablaba en italiano con un fuerte acento de Portugal, pero tranquilos: no me lo imagino como un fado, no allí—. Lo descubrimos ayer, jamás lo supe; la causa nueva sí, desde sus comienzos. La antigua no, en mi vida. Mi gente desenterró ayer los documentos del archivo. El padre Vincenzo los había visto una vez, por error, buscando otra cosa, y ayer hizo la asociación y fue a sacarlos, y sí: nadie lo recordaba o quizás nadie lo supo nunca, pero ya antes hubo otra pesquisa secreta para santificar a Chesterton.

—¿Y es verdadero el milagro? ¿Hay un milagro?

—Sí —respondió Saraiva Martins con inobjetable sinceridad, sin el menor gesto de patetismo o preocupación; el papa lo miraba esperando la respuesta, con las manos en el piano pero ya sin tocar—: ese del documento que su santidad me envió hace tres días, el del reverendo padre Child, es cierto y es solo uno. Pero en el prontuario antiguo hay varios más y del mismo tipo, todos ciertos.

Benedicto XVI se paró con parsimonia del piano. Fue hasta la puerta de su habitación con el prefecto de la Congregación para las Causas de los Santos, el cardenal portugués José Saraiva Martins.

—Le agradezco mucho, José —le dijo antes de despedirlo.

Al otro día fue él mismo, en persona, hasta el archivo de la Congregación para ver por encima los documentos y enterarse de primera mano en qué consistía con exactitud el asunto. Nunca, en sus muchos años de estadía en Roma y en los pasillos de la burocracia del Vaticano, había oído una sola palabra sobre esa antigua causa para santificar a Gilbert Keith Chesterton, el gran humorista inglés, el gran maestro, uno de los mejores católicos de todos los tiempos. Sabía de la reciente, una especie de excentricidad y un juego, que había empezado a agitarse desde los años noventa en la Argentina y en Inglaterra. El documento enviado por el padre Child tenía que ver con ella, y por eso el mensajero había sido Jorge Bergoglio, obispo de Buenos Aires. Pero de la vieja no había oído jamás una sola palabra, jamás. Igual que el cardenal Saraiva. De veras le parecía muy extraño. Entonces el padre Vincenzo (todo es su relato) le mostró el prontuario apenas recuperado: cientos de folios escritos con esa letra cursiva que luego yo reconocería en cada borrón y en cada trazo. Era como una narración continuada, en latín casi toda, con algunos fragmentos en inglés antiguo. El papa les agradeció a todos los funcionarios de la Congregación que estaban allí por su amabilidad y eficiencia, luego dio un paseo más, ya en un plan muy protocolario y formal, viendo cosas, legajos, libros, reliquias, hasta los regalos absurdos que solían mandar los fieles interesados en el buen trámite de la causa de su candidato, cualquiera que fuera. Los sobornos están aun en la casa de Dios y sus oficinas más serias. Se fue Benedicto XVI y en la tarde hizo llamar al cardenal Saraiva. Esta vez fue en la oficina papal, sin vino ni piano ni nada, casi sin tiempo. Le dijo que iba a estar muy al tanto del tema de Chesterton, que agilizara la investigación de los documentos; que nombrara a uno de sus mejores hombres para eso, quizás al padre Vincenzo, que sabía tanto y que había descubierto el viejo legajo. El cardenal sonrió porque en él había pensado desde el principio y fue corriendo a decírselo allá abajo, que el papa lo quería para esa compleja y exigente labor.

A ella se dedicó desde esa misma noche y lo hizo clasificando los documentos, para empezar. Por razones de método, decidió leer primero todo lo que estaba en latín para buscar luego a algún experto que le ayudara con los fragmentos anglosajones. Le iba a ir muy bien, sabía que le iba a ir muy bien. Además porque era una historia apasionante, cuando fue adentrándose en ella, y más que un trabajo se le había vuelto una dicha ese trabajo. Pero el diablo siempre mete la cola, como decía Asita Madariaga de Mallarino; por lo menos en el Vaticano siempre la mete, en el peor momento. Estaba feliz el padre Vincenzo leyendo y leyendo sus viejos legajos, cuando dos hechos vinieron a perturbarlo todo, incluso su discreto oficio que cualquiera habría considerado menor, inamovible. Pero allá cada cosa, por pequeña que sea, está entrelazada en lo más profundo con todas las demás, sin saberlo, sin razón ni motivo, o sí; así que no hay nada inamovible y nada menor ante los ojos de Dios cuando sus pastores llevan como hormigas pedazos de una hoja que son también las almas de los pecadores, sus propias almas. Los dos hechos fueron la causa de la santidad de Juan Pablo II que Ratzinger tuvo que precipitar por razones políticas, y ese era un tema que tenía que ver en todo con la Congregación, cuyos funcionarios más importantes, entre ellos el padre Vincenzo, tuvieron que dedicarse entonces, de lleno, a sacarlo adelante; y el otro hecho fue el escándalo universal de la pederastia, claro. Esa sombra colgaba sobre la basílica de San Pedro como el propio cielo de Roma, teñido ahora de infamia, de vergüenza, de gris aun en las mañanas del verano. De manera que el pobre Chesterton acabó en el fondo de una gaveta, agazapado allí, buen hombre, en la peor compañía: un par de mártires latinoamericanos del siglo XIX, una beata gallega, un bailarín ruso. Nadie pudo volver a hablar de su santidad, ni siquiera el padre Vincenzo, que seguía pensando en ella día y noche, noche y día.

Y las cosas no habrían cambiado, para ser sinceros —"Lo tengo que aceptar", me dijo el padre Vincenzo con verdadera tristeza—, si Paolo Gabriele no se hubiera robado en una maleta casi todos los secretos y las joyas del Vaticano. Ahora: lo raro también habría sido que *no* se los robara, si era el dueño y señor de la intimidad del papa y nadie pudo hacer nada para evitarlo. Y a las pocas aves de mal agüero que previeron el futuro, como suele ocurrir en esos casos, las ahuyentaron antes de tiempo, cuando ya era demasiado tarde. Iban juntos siempre, comían en la misma mesa. Se cuidaban y se querían como un par de hermanos. Lo ve uno en todas las fotos: en su habitación, muy risueños, arreglando la biblioteca; en las audiencias públicas de la plaza de San Pedro, el papa dando la bendición y su secretario detrás, de corbata, mirando al cielo; en los viajes de Estado, en los de recreo a Castel Gandolfo, en el besamanos de los embajadores ante la Santa Sede, aun en las reuniones más delicadas del Consistorio Romano: allí estaba siempre el tipo, como una sombra. Con ojos de huérfano, de traje negro.

Pero un día se enloqueció; o ya estaba loco: nadie se enloquece en la vida, quienes lo hacen es porque siempre lo estuvieron. El hecho es que de un día para otro su actitud empezó a ser cada vez más errática y delirante, moviendo la cabeza de lado a lado en un macabro tic, como si alguien lo estuviera persiguiendo. También caminaba más aprisa, yendo por sitios de la Ciudad del Vaticano que casi nadie frecuenta, bajo aleros oscuros y sobre andenes empedrados. A veces paraba a tomar agua en alguna de las fuentes del lugar: era cuando más nervioso se ponía, hablando solo, amarrándose los cordones de los zapatos como un poseso. Y puesto que una de sus funciones primordiales era administrar la agenda personal del papa, allí su delirio tuvo verdaderos tintes totalitarios: no daba nunca una audiencia privada, ni siquiera a los colaboradores más cercanos de Benedicto XVI. Les preguntaba con altivez por el propósito de su visita, y luego, ya en un tono más misterioso que otra cosa, les pedía informaciones absurdas sobre los temas más variados, desde el catecismo del padre Astete hasta el precio del pan en el Convento de las Carmelitas. Era obvio que algo muy raro estaba pasando con el chambelán de palacio. Tan obvio que un grupo de cardenales del círculo íntimo tuvo que abordar al papa una mañana después de la misa en la capilla Sixtina, cogerlo allí porque de otra manera era imposible; justo de eso era la conversación. Ratzinger los oyó con interés y piedad, las manos entrelazadas, en postura de oración. Habló cada uno diciendo lo que pensaba, sin sutilezas. "El chico se está enloqueciendo", dijo el cardenal Stromacci. Pero era como si un hechizo tuviera preso al vicario de Cristo: no sólo no quiso oír más a su gente —amigos suyos desde el Concilio Vaticano II—, sino que además pidió que nunca más le mencionaran ese tema perverso, por ningún motivo. Paolo Gabriele era como un ángel para él; cualquier opinión en su contra era fruto de la envidia y la maldad.

Pero ese ángel entraba por las noches adonde quisiera en el Vaticano, abría los archivos e iba metiendo en su maleta de cuero lo que le resultara más interesante y escandaloso: abultados cheques recibidos de manos impías, legajos de documentos cifrados, antiquísimos procesos inquisitoriales, causas de santificación, fotos, videos, reliquias. Lo que fuera. Sacaba una fotocopia de los papeles en su recámara y luego volvía a dejarlo todo en su lugar, en medio de un gran desorden que se convirtió en su marca del crimen: "Paolo Gabriele estuvo aquí". "Paoletto", le decían. Una vez un miembro de la Guardia Suiza se lo cruzó por error en la puerta del Palacio de Letrán. Iba sudando y corriendo, la cara tiznada, los ojos a punto de salirse de sus órbitas. Le escupió al pobre muchacho gritándole: "¡Todos ustedes están aliados con el diablo!".

A comienzos del 2012, sin embargo, la prensa italiana empezó a filtrar noticias terribles sobre la Iglesia y muchos de sus miembros más notables. Lo de siempre: malos manejos, infamias, crímenes, sobornos, los mismos rumores viperinos de toda la vida, casi desde el año 0. Pero esta vez era distinto: sin saberse cómo —al mes se supo— los periódicos ahora tenían pruebas de todo lo que decían y cada denuncia aterradora iba con la copia al lado de un documento o una firma que eran imposibles de desmentir. Tan inmorales eran las revelaciones, tan ciertas, que hasta el servicio secreto de la policía italiana tuvo que hacerse cargo de la investigación para desenmascarar al culpable; al culpable de las revelaciones, no de lo que se revelaba, claro. Al mes se supo: el mayordomo de Benedicto XVI, el extraño y agitado y angelical Paolo Gabriele, el buen Paoletto, llevaba más de tres años dedicado a la labor diaria de robarse los documentos que quisiera de la oficina que quisiera del Vaticano. Ya con la copia en las manos, volvía a dejar los originales en su lugar, y corría a vendérselos a la prensa o a quien tuviera el menor interés por cosas que eran muy valiosas, unas, y otras tan indescifrables y viejas que solo podían servirles a los historiadores o a los coleccionistas o a los aberrados, o a historiadores coleccionistas aberrados, que son la mayoría. También los masones y los comunistas preguntaban mucho por lo que estaba subiendo a la superficie de esa fuente putrefacta, y allí pescaban en río revuelto, encantados de llevarse con sus redes y sus anzuelos la evidencia de sus prejuicios contra el catolicismo y la fe.

El papa estaba destrozado, desde luego. Caminaba por su habitación como un alma extraviada. En camisón de dormir, las manos hacia el cielo, pidiendo una explicación o un milagro o un rayo de luz o una tormenta, o una lluvia de arañas, como en el medioevo. A veces iba al piano, el pobre Ratzinger, tocaba un par de teclas con tristeza, luego un arpegio sombrío e inconcluso, como todos los arpegios. Fue él mismo quien tuvo que poner la denuncia contra su fiel servidor. Paolo Gabriele, el ángel caído. Una denuncia penal ante un tribunal eclesiástico, nunca hay que olvidar que el Vaticano es un Estado regido por la justicia divina y la ley canónica. Que Dios se apiadara del traidor pero en el más allá; sobre la tierra ya era demasiado tarde.

Entre los primeros documentos que le encontraron al ladrón en su casa, estaba sobre la cama una carpeta café que decía: *Muy importante*. En letras diminutas también podía leerse, abajo, en la esquina derecha: *La santidad de Chesterton, vendida*.

IV

Después de oler los papeles los puse en orden. No era tampoco tan difícil porque todos estaban numerados. Y los más pequeños, que parecían fichas mnemotécnicas —eso eran—, llevaban una letra en el ángulo inferior izquierdo: una letra diminuta y pulcra, encerrada en un círculo, escrita con otro color, rojo o azul. Una letra y un número al lado: A5, B7, D23. Eran notas marginales, algunas indescifrables: palabras sueltas, siglas, frases entrecortadas, etimologías, epígrafes, abreviaturas, salmos, refranes, nombres. Como apostillas y comentarios al texto grande de las hojas más viejas, a la narración continua en latín y anglosajón y en tinta sepia que alguna vez debió de ser negra. Hice entonces lo obvio: dividí en dos el expediente: a un lado puse el discurso, por llamarlo de alguna forma; al otro, las tarjetas de referencia. De esa manera logré entender que las letras en el rincón implicaban también una especie de guía temática, un orden. Sabía que era imposible que estuvieran allí por puro capricho, claro que no, pero se me ocurrió que la cifra que las acompañaba fuera quizás la de una página en el documento. Y en efecto era así. Cogí al azar dos fichas de cada letra, que solo llegaban hasta la D, y fui a buscar la página que coincidiera con su número. Digamos A18. Decía el papel pequeño A18:

1097. Ibantobscuri (Virg. Aeneid.). Hungría, Reino Magiar. Crónicas de Raimundo de Aguilers y Roberto el monje… Archivo del Estado Pontificio y de la Santa Cruzada, ubicación topográfica 15.305, sección "SermoLatinus"…

Y luego la página 18: Eran días de gran agitación aquellos, todo el mundo corría. En las noches bramaba la tierra hasta abrirse, el cielo se inundaba de fuego. Llovían astros y cometas y ruidos y arañas y la gente tenía miedo, o sed. Por eso los peregrinos fueron a la Cruzada sin saber que llegarían al Reino de Hungría, lar de los magiares, como lo contaron los dos cronistas Raimundo y Roberto. Iban oscuros bajo la luz de la luna…

Ahora el B7: Summ. Theolo. Según Orígenes de Alejandría y según Materno también: "La santidad no está en los milagros, la santidad es el milagro". Patrología latina, ver PL 12. Definitio Sanctitatis…

Y la página 7: Estamos sin duda ante un hombre que tuvo las virtudes más altas del católico verdadero. Fue valeroso y fue justo. Nunca quiso economizar en la fe. Cuando lo convocaron el error y la duda y la injuria, siempre puso su talento al servicio de la causa de Dios. Su lenguaje era festivo sin ser inmoral. Ahora: ¿Era de veras un santo? Convendría entonces insistir en estas definiciones de lo que es la santidad, cuestión sobre la que se han pronunciado ya los más grandes teólogos, los Padres y los Doctores de la Santa Madre Iglesia, los sabios de todos los tiempos desde la Encarnación de Nuestro Señor y aun antes, desde su presagio en el Antiguo Testamento. Fue ese, como se sabe, uno de los temas que más atormentaron a los cristianos del primer siglo, y desde allí a todos los que los hemos sucedido pensando siempre en las buenas obras y la beatificación de la vida. ¿Qué significa ser santo, pues? Digamos que…

Y así, y así. Con tres o cuatro ejemplos más ya tenía clara una cosa: cada letra correspondía a un tema muy específico dentro de la narración, sobre el cual versaban esas glosas y esos comentarios y esos fragmentos de las fichas amarillas, tan eruditas y tan extrañas. Cotejando el texto con las notas descubrí que la letra A se refería a asuntos históricos, la letra B a cuestiones teológicas, la C a cuestiones filosóficas en general y la D a lo más interesante para mí: la trivia, las curiosidades, las noticias asombrosas, los prodigios, los chismes, en fin: la vida en su mejor versión, la vida como lo que es, un cuento de fantasía. Quise leer primero todas las tarjetas, de una sentada, pero muy rápido me di cuenta de que era una estupidez y un error; como inflar las llantas sin tener el carro. Mejor iba leyendo el texto completo de manera desprevenida y relajada como si fuera una novela —eso era, eso es, esto es—, para luego ir nota por nota volviendo al relato, ahora sí descifrándolo. Veo que me salen demasiados gerundios, la vida como lo que también es, un cuento de horror. Viviendo: lo único malo de la vida es que casi siempre ocurre en gerundio.

Pero no me desvío; no todavía. Esa noche llegué a mi casa en Padua y me senté en la cama. Puse a un lado las hojas grandes y al otro las pequeñas. Descubrí cuál era la lógica detrás de todo, casi todo. Me fui a mi escritorio, que estaba en la sala donde también estaba el comedor donde también estaba la cocina (así de pequeño era ese apartamento en la vía Facciolati, cerca, muy cerca de la Puerta Liviana), y es más: mi escritorio era también mi comedor. Mis hijas ya estaban durmiendo, las oía roncar en la habitación de al lado, la única que había. Allí, en la mesa, me senté y abrí ese expediente de páginas viejas, con la tinta sepia, quizás negra algún día. El olor de la madera y del tiempo, del polvo; el follaje de esa novela que ahora, a la espera de un milagro, tenía entre las manos. Toda vida es una novela, basta nacer; toda vida (todavía) es un milagro. Esa es la mejor justificación de la existencia del mundo, su alivio.

El padre Vincenzo, volviendo al tema otra vez en gerundio, me lo explicó muy claro, casi con ternura y gratitud: "Usted tiene que leer eso y decirme qué hay allí, nada más". Esa era mi "misión", como dijo Cinzia sin el menor asomo de burla o incredulidad. Al revés: hablaba muy en serio y ella misma me lo confirmó: "Tienes que leer eso y decir qué". Era su manera, tan veneciana, de explicarme con gestos y con las manos lo que me había pedido el padre Vincenzo; pero además, siendo una chismosa profesional, era también su manera de decirme que no había la menor posibilidad de que yo leyera nada sin contárselo a ella, que se moría de las ganas por saber "qué". Después me enteré de que eso había cobrado la Crive por ser el enlace de los curas conmigo: yo les tengo al tipo, debió decir con ese aire mafioso que sabía poner cuando era evidente que estaba al mando de la situación y que había cosas que ella pensaba y sabía y los demás no, yo les tengo al tipo pero me meten a mí en esto. ¿Lo quieren? Me pagan. Y además quería detalles, porque así era ella. Nada de relatos vagos y resúmenes ahotados (iba a escribir "agotados" pero hundí mal las teclas; descubro que existe ese adjetivo arcaico que quiere decir "osado y atrevido"), sino pormenores, minucias, cada cosa con su nombre y su lugar y su tiempo. Mi misión era leer todo el expediente y decir qué decía. Dentro de la mayor discreción, a riesgo de enfrentarme, si no la guardaba, con el ejército más eficiente e implacable de los últimos dos mil años de historia occidental: la Iglesia católica, la curia romana. Eso no tenía discusión. Los dos sacerdotes habían sido muy amables conmigo; pero al menor desliz me botaban al fuego. Dicho eso, todo lo demás estaba dentro de la mayor cordialidad, con sonrisas y bendiciones y muchos agradecimientos del santo padre: yo tenía que leer esos papeles viejos y contarles qué decían. Nada más. Dios me lo iba a pagar.

La mayor parte del texto estaba en latín, pero en un latín eclesiástico elemental y muy fácil de entender; el resto estaba en anglosajón, que era la razón por la que me habían buscado. Les interesaba mucho saber lo que encerraban esos pedazos en el inglés de los bárbaros. Aunque también la redacción de esos fragmentos anglosajones era muy literal y moderna, casi telegráfica, y para nadie con un conocimiento esencial de cualquier lengua germánica habría sido difícil descifrar su contenido. Eran como caprichosos insertos en el texto que buscaban de alguna manera ser poéticos, o que enredaban algunos de los puntos más enigmáticos de la argumentación. Increíble: la causa de la santidad de Chesterton. Ese era el nombre de la novela que empecé a leer esa noche; y no pude parar hasta llegar al final, sin aliento, cuatro o cinco horas después. Ya era de madrugada, la mañana después de ese día de carnaval, pero aún estaba oscuro afuera. Vi por la ventana hacia el parqueadero y todavía era de noche. El día no rompía aún el cielo. No basta con nacer, no siempre.

¿De qué se trataba el expediente, el *Dossier Chesterton*, como luego lo llamábamos muy pretenciosos con Cinzia Crivellari, cuando creíamos que nos perseguirían las víboras del Vaticano y que el padre Vincenzo las iba a espantar con un bastón, ahotado y exhausto? Récenle al padre Brown, nos decía, récenle y súbanse al carro. ¿Qué decían esos papeles? Era la causa de santificación de Gilbert Keith Chesterton: el más grande humorista y teólogo inglés del siglo XX, un maestro del ingenio y la paradoja y la bondad. Poeta, cuentista, filósofo, novelista, polemista invencible y un tipo adorable y gordo, una vez le dijo su mejor amigo y adversario George Bernard Shaw: "Si yo estuviera tan gordo como usted, me colgaría". Chesterton le respondió: "Tranquilo: el día que me cuelgue lo usaré a usted de soga…". Eso le dijo a Shaw, que en efecto era flaco como una ganzúa: flaco y brillante, irlandés, de barba: otra lengua viperina y afilada, de fuego, que siempre estaba lista para dar en el blanco. En otra ocasión, Chesterton le dijo a Shaw: "Viéndolo a usted, cualquiera diría que una hambruna ha caído sobre Inglaterra…", Shaw le contestó: "Viéndolo a usted, cualquiera diría que usted la ha causado…". No podría pensarse en dos seres más diferentes en la vida que ellos dos, y sin embargo fueron íntimos del alma. Vivían debatiéndolo todo todo el tiempo —la fe, la política, el matrimonio, la muerte—, pero nunca hicieron de sus interminables y feroces disputas un motivo para odiarse ni para acabar con su amistad. Al revés: es como si se necesitaran el uno al otro para poder pensar y vivir, y las ideas de sus libros eran por lo general parte de ese diálogo suyo que la gente seguía maravillada, para allá y para acá, desde el balcón, como en una justa o una pelea de boxeo, o un partido de tenis.

Una vez de hecho trataron de jugar uno y fue de locos. De blanco los dos jugadores, salieron a la cancha de pasto con sus raquetas relucientes, de madera. Y fue tan larga la discusión para decidir quién tenía que servir primero, que cuando llegó la hora del partido todos estaban agotados y aturdidos: los contendientes y el público, aun los periodistas que habían acudido a cubrir el evento como la rareza que era: los dos intelectuales más importantes del Reino Unido resolviendo sus diferencias en un campo de tenis. Shaw, comunista y miembro de la Sociedad Fabiana, que además odiaba el deporte, pedía que el saque se sometiera a una votación popular, que la gente opinara sobre quién tenía mayores méritos para sacar y también para ganar el partido; si jugaban no era por el resultado sino por el placer de jugar. Chesterton, que en cambio era católico, se opuso con vehemencia al "delirio demagógico" de su contrincante, sacando a relucir poderosos argumentos metafísicos y morales sobre el libre albedrío y el premio al esfuerzo del individuo. "¡Veo que también aquí quiere imponer usted la dictadura del proletariado!", gritó el gordo desde su lado; "¡Solo un poco de justicia social!", respondió el flaco desde el suyo. Hubo risas en la tribuna. Leo por internet, en el muy completo archivo digital del *Times* de Londres que empieza con su primer número del 1.º de enero de 1785, la noticia que al día siguiente hizo las delicias de los lectores ingleses. Un relato irónico y pormenorizado de la escena, publicado el 6 de mayo de 1923 en la sección cultural y literaria, y no, como había pedido Shaw, en la de los deportes. Dice así:

*Los asistentes ayer al campo del All England Lawn Tennis
Club, en Wimbledon, no podían dar crédito a sus ojos cuando
vieron a las dos figuras más notables de la inteligencia del país
librar un partido que más parecía otro más de sus famosos deba-
tes en la prensa o en las sociedades académicas y políticas, que ya
están acostumbradas a sus elocuentes humoradas y desplantes.
Pero esta vez la cosa parecía ir muy en serio cuando los señores
G. K. Chesterton y G. B. Shaw, de blanco inobjetable, descen-
dieron a la cancha oriental del viejo club de* cricket, *y allí mismo,
delante de un estupefacto y extasiado auditorio, sacaron sus raquetas y empezaron a jugar acaso el más absurdo partido de tenis
en toda la historia de Inglaterra. Luego se supo que tan pintoresco
encuentro no era espontáneo sino el pago de una antigua apuesta
ganada por Mr. Shaw, y que muchos de los miembros del público
eran amigos y contertulios del célebre par y que allí estaban en
esa calidad, como testigos del cierre a satisfacción de la deuda que
un día contrajera Mr. Chesterton, no sabemos por qué razones.
Lo que sí sabemos, porque tuvimos el privilegio de ser partícipes
de este extravagante episodio de la literatura británica, es que a
la hora de ejecutar cualquier deporte, en este caso el tenis, los señores Chesterton y Shaw son tan radicales como en las demás
cosas de su vida. No más para definir el saque, un punto sobre
el que las reglas del juego son tan claras desde hace tanto, hubo
una acalorada discusión en la que más parecían importar los
prejuicios y las obsesiones de los contendores que sus raquetas y
su talento. Después empezó por fin el* match, *pero cada bola era
motivo para un nuevo diálogo a grito herido sobre los temas más
variados, y la gente se reía de veras como si estuviera en un espec-
táculo de circo. Que eso era, al final, lo que allí ocurrió. No sobra
decir, para el cierre de esta noticia que es más un capítulo de*

Vanity Fair, *que el señor Shaw nunca, ni por un fugaz momento, dejó de lado su famosa pipa, siempre colgándole de la boca como a un buque mercante. El señor Chesterton tampoco desmereció de su oponente, caminando con parsimonia, él y su corpulenta figura y su cigarrillo, caminando al encuentro de cada jugada y cada bola. Varias veces se lo vio incluso sin su raqueta, lo que no fue obstáculo para oírlo disertar sobre la Santísima Trinidad y el dogma de la Inmaculada Concepción...*

Ese era Chesterton. Un gran tipo (en todos los sentidos de la expresión) que en 1922 decidió convertirse al catolicismo luego de haber sido unitarista, primero, y después anglicano. Chesterton era la especie más extraña y peligrosa y excepcional que puede darse dentro del cristianismo, es decir, un cristiano de verdad. Un hombre bueno y generoso que practicaba la virtud más alta de la fe: la compasión. Era implacable con sus adversarios, sin duda, y era inamovible en sus creencias; de hecho las defendía contra todo prejuicio y le importaba un bledo si sus opiniones eran populares o no, si le gustaban a la gente o se le burlaban tras su enorme espalda, como en el célebre autorretrato en que se pintó con una vaca sentada detrás de él, que trataba de ver el horizonte. Es más: cuanto más impopular fuera la causa que abrazaba Chesterton, más la quería y con mayor vehemencia argumentaba en su favor. Le encantaba el debate, escandalizar a los espíritus biempensantes o progresistas que suelen ser los más dogmáticos y conservaduros, los más intolerantes. Por eso su conservatismo era revolucionario y liberal en el sentido más profundo de ambos términos: porque se basaba en el humor, en la simpatía —que en griego quiere decir eso, "con pasión", compasión—, y sobre todo en un amor inquebrantable por el prójimo, en el respeto más grande por la totalidad de su ser.

Chesterton sabía que el ser humano, todo ser humano, es un abismo, un universo contradictorio y complejo, y que la única manera de entender algo en este mundo desquiciado partía de la aceptación de lo que cada quien es. Sin exigirle nada a nadie, sin esperar nada de nadie. De ahí que pudiera decirles cosas terribles a sus interlocutores en el plano de una discusión, pero de todos era el mejor amigo. El más noble y compasivo, el más simpático. Y todos lo adoraban por encima de las diferencias ideológicas: los comunistas, los anarquistas, los masones, los fabianos. Hablo de sus amigos, claro, porque sus enemigos sí no tendrían por qué quererlo; ni más faltaba. Igual a él poco le importaban el desprecio o la maledicencia, ni las intrigas ni los chismes ni las consejas que se tejían en su contra, y que eran objeto de sus propios chistes y de su ingenio mortal. Le dijeron siempre reaccionario, loco, fanático, intransigente, mojigato; se reía, fumaba, respondía con tanta gracia que era imposible insultarlo otra vez. Su prosa era su mejor tribuna, hecha de paradojas y de sentencias lapidarias, de una capacidad infalible para sacudir los mitos y los lugares comunes más comunes y más necios de su tiempo. Gran lector de Dickens (y de Chaucer y de santo Tomás; sobre los tres escribió libros magistrales), Chesterton se opuso siempre a la injusticia del mundo, empezando por la injusticia de aquellos que se oponían a la injusticia del mundo. No le parecía bien que la dignidad fuera una bandera política de nadie, y menos la de quienes promovían tiranías en nombre de la salvación de la humanidad. Que salven primero su alma, decía, a mí no me van a convencer de que la opresión, ninguna forma de la opresión, se justifica en un paraíso futuro cuya puerta de entrada se aleja cada noche un poco más. No. "No creo en ninguna dictadura, ni siquiera en la del proletariado, por respetables y buenos que sean los proletarios", decía. Con su amigo Hilaire Belloc fue uno de los más aguerridos promotores del *distribucionismo*: una doctrina económica y política enraizada en el pensamiento social de la Iglesia que ya estaba empezando a preocuparse por los pobres, ya era hora, y en la que se buscaba el rescate de ciertos valores, como la solidaridad y la equidad, para construir un orden social que fuera capaz de oponérseles por igual al comunismo y al capitalismo salvajes. Propiedad privada sí, pero limitada por la moral y la caridad; riqueza también, pero que no se concentre en unas pocas manos. Que la gente pueda trabajar y ser digna, que no se acostumbre a mendigarle nada a nadie, mucho menos al Estado. El hermano de Chesterton, Cecil, también escritor, dirigía un periódico semanal en el que se agitaban las banderas distribucionistas. Murió en el frente al final de la Primera Guerra Mundial, en Francia, enfermo y sin un arma en las manos; fue el mismo día en que Aby Warburg, con su biblioteca infinita y luego exiliada, sintió por primera vez en su vida que la locura empezaba a devorarle las entrañas, con un sutil temblor en la sien. Pero el equipo de Gilbert Keith Chesterton y Belloc se hizo cada día más fuerte, defendiendo con vigor a la Iglesia y a Dios. Bernard Shaw los bautizó juntando sus dos nombres en un chiste que pronto se volvió famoso en Inglaterra: los *Chesterbelloc*, como si fueran un par de cómicos en una película muda. Y lo eran, de alguna manera lo eran. Los tres. Basta nacer. O eso dijo Chesterton en un fragmento que dejó fuera de su autobiografía, y que el *Daily News* publicó en 1996:

> *Uno de los mejores momentos de mi amistad con Shaw ocurrió cuando él y yo y Belloc fuimos invitados a actuar en* El rapto de Rosie, *la película de Percy Nash escrita por Barrie (antes de* Peter Pan). *Nos vistieron de vaqueros, con caras porfiadas de hombres de honor. Teníamos que fumar sentados sobre unos bloques de paja. La ceniza ardiente de mi cigarrillo cayó sobre una de esas sillas improvisadas e imprudentes, y pronto el fuego era tal que todos, actores o no, corríamos por el set como en una obra cómica y fatal...*

Lo que contenía el expediente Chesterton —volviendo al tema, si algún día puedo— era la relación de sus méritos en la causa de santidad que se le abrió en 1958, veintidós años después de su muerte. Lo extraño es que dicha causa se mantuvo en el más sigiloso secreto por décadas, y nadie en el Vaticano sabía nada de ella, nadie. Ni el cardenal Saraiva ni el padre Vincenzo, que fue quien la descubrió, ya lo dije, cuando el papa dio la orden de tramitar las averiguaciones relacionadas con el milagro de Chesterton que había enviado el padre Child por intermedio del cardenal Bergoglio. Además, el padre Vincenzo ya la había descubierto un poco antes de eso, pero en medio de ese archivo descomunal que le tocaba administrar para decir quién sí es santo y quién no en más de dos mil años de historia universal de la eternidad y de la infamia. El pobre veía tantas cosas y tan aterradoras y asombrosas, que la primera vez que se cruzó con los documentos apenas pudo ojearlos con curiosidad, y luego fue a otra cosa: a la causa que de verdad lo ocupaba en ese momento, la de un manco rumano que curaba a los leprosos y a los ciegos imponiendo manos. Nunca más le dio por pensar en el nombre de Chesterton, que estaba allí en esa relación de milagros que más parecía sacada de una novela policíaca, ay. Solo cuando el prefecto Saraiva bajó ese día a decirle que el papa estaba muy interesado en que revisaran esos papeles que acababan de llegar de la Argentina con la posibilidad de un proceso de canonización del "novelista Chesterton", solo entonces el padre Vincenzo se acordó del viejo legajo que había visto hacía casi un año, y sin decir nada fue a buscarlo. No fue difícil dar con el sitio, se acordaba más o menos por dónde estaba esa carpeta café con hojas grandes y tinta negra —sepia—, y unas pequeñas hojas amarillas que parecían contener anotaciones al texto general en el que se contaba la vida de Chesterton con una relación de sus méritos como cristiano y hombre de fe, y la lista de unos milagros muy particulares que se le atribuían en el cumplimiento de una misión encomendada por el papa Pío XI. Cuando el padre Vincenzo abrió el sobre que mandaba el padre Child (*El milagro de Chesterton*), se dio cuenta de que el milagro era igual a los demás que estaban en el otro expediente, antiguo y olvidado. Se trataba de lo mismo. Llamó al prefecto Saraiva y le dijo todo, tal cual. Fue cuando el prefecto volvió donde Benedicto XVI, frente al piano y el vino, y también le dijo todo. Que no era la primera vez que alguien trataba de llevar a Chesterton a los altares. Al otro día, el mismísimo papa fue al archivo de la Congregación para las Causas de los Santos y allí vio con sus propios ojos lo que había desenterrado el padre Vincenzo. Qué curioso, pareció decir Ratzinger. Luego dio una vuelta por el archivo, bendijo a todos, y regresó a su habitación a tocar *blues*.

Ya antes dije que esto me lo contó con detalle al entregarme los documentos el padre Vincenzo; que su misión, según la orden del papa, era encargarse de lleno del tema, sin pensar en nada más. Empezó a leer el texto latino con la idea de que luego alguien le ayudara con los fragmentos anglosajones, y entonces vinieron el escándalo de la pederastia y la beatificación de Juan Pablo II, y Chesterton quedó otra vez en su gaveta, al lado de unas beatas españolas y un bailarín, destinado al olvido del que el azar parecía haberlo rescatado por un tiempo. A él y a sus milagros. Pero gracias a Dios estaba Paolo Gabriele: Paoletto, el ladrón que se robó lo que quiso de los rincones que quiso en el Vaticano, y al que se le fue tragando la paranoia, la certeza de que una terrible conspiración amenazaba a su amo, su santidad Benedicto XVI. Parece que el tipo había logrado sustraer los secretos más oscuros de la Iglesia en toda su historia, que por supuesto no eran pocos, y los tenía allí en su cuarto, regados por el piso o en maletas vulgares, entre documentos suyos que trazaban el mapa de la conjura contra el papa que tanto lo atormentaba. De veras obsesionado y vesánico, Paoletto fue filtrando a cuentagotas sus hallazgos escandalosos, las pistas locas de ese mapa siniestro que solo él creía conocer; y sí. Algunas cosas se las dio a la prensa, algunas otras a los traficantes de tesoros arqueológicos y documentales que en Roma mantienen, bajo la sombra de los arcos, el mercado más nutrido y excitante que uno se pueda imaginar, donde fluyen a caudales el dinero y el poder de las mafias más competentes al servicio de otras tantas igual de peligrosas pero más discretas: los masones, los teólogos, el Opus Dei, los dueños de las casas de subastas en Londres y en Nueva York, Dan Brown, etcétera. Todos quieren adueñarse aunque sea de un pedacito de ese misterio que duerme allá abajo, en las catacumbas de San Pedro, y todos creen que algún día aparecerá el documento definitivo, el Santo Grial: el evangelio escrito por el propio Cristo, o sus cartas de amor a María Magdalena; la donación de Constantino, la verdadera; la *Taxa Camarae* de León X, de su puño y letra. Bomba camará. Y al final resulta que no: que en ese río revuelto los pescadores solo encuentran pepitas de oro, y que de ellas viven porque qué más: algo es algo, mejor que nada. A veces, de golpe, aparece una pieza valiosa: una epístola o un diario o un libro o una partitura, o un cuadro, o una factura, y siempre hay algún cliente interesado en hacerse con el botín. El precio es caro porque la verdad, aunque sea falsa, cuesta mucho. Pero plata es lo que hay allí entre esa gente, sean los enemigos de Dios o sus soldados más férreos. Y lo que puso a circular Paolo Gabriele no era en absoluto bisutería, baratijas llegadas de la China. No. Esta vez sí era un pez gordo, y las pirañas lo rondaban con los dientes crujientes, ávidas de caer sobre la Iglesia para que no le quedaran ni los huesos, en un segundo. Lo que salió para la prensa era, digamos, lo más actual y rimbombante: desfalcos, cheques *non sanctos* (hasta en Roma se cuecen habas), encubrimientos, manejos turbios en el Banco Vaticano, en fin. Pero lo otro hacía las delicias de los coleccionistas y de los traficantes, para venderles a sus clientes revelaciones de verdad, secretos de la curia romana con los que la apuesta era en serio. No era un Monopolio angelical lo que allí se jugaba, sino el poder. El poder de verdad. Cuando la policía italiana descubrió a Paoletto tras seguirle el rastro por varios meses, le encontró en su habitación un cuaderno con las anotaciones detalladas, en fila, por orden cronológico, de cada negocio que había hecho. Por cuánto y con quién. La última entrada, me dijo el padre Vincenzo, era la de Chesterton. Decía en el diario: *Causa de la santidad de Chesterton, €300.000…*, sin especificar el nombre del comprador. Sobre la cama aún estaba la carpeta café con el aviso, *Muy importante*. En letras diminutas también podía leerse, abajo, en la esquina derecha: *La santidad de Chesterton, vendida*.

—¿A quién se la vendió? —le pregunté yo al padre Vincenzo esa tarde en el café de Rialto, con la certeza de que no me lo iba a decir. En ese momento era seguro que no me lo iba a decir. Luego me lo dijo, aunque no se dio cuenta de que lo estaba haciendo; él mismo no sabía que lo sabía. Ahotado y exhausto.

—No se lo puedo decir y además tampoco lo sé —me respondió con cierta incomodidad, sabiendo que ya había hablado demasiado aunque fuera inevitable, por eso estábamos todos allí: él y yo, y Cinzia, y el cura joven. Luego terminó de contarme el asunto para decirme por fin que ahí me entregaba esos papeles, que eran los originales que la policía había salvado de la habitación del ladrón antes de que se los entregara a sus clientes—: usted lo que tiene que hacer es leer el documento y decirnos de qué se trata, y ya.

Nada sorprendió tanto al papa como el hecho de que su mayordomo se hubiera robado la vieja causa de la santidad de Chesterton. Más que los cheques y los desfalcos y las otras cosas, le parecía muy extraño que Paoletto hubiera dado con ese documento. ¿Por qué? Era como si supiera de la importancia recóndita que tenía esa santificación, una más de las muchas que al año se rifan en el Vaticano. Pero ¿esa? Parte de la respuesta, supuse, estaría en el nombre de quien estaba comprando la causa. El argumento de Paolo Gabriele para defenderse en la prensa era además muy sincero, casi desgarrado. Gritaba que con esos robos estaba salvando al santo padre de una terrible conspiración. Y todo parecía indicar que el papa le creía.

La primera orden que dio Benedicto XVI, luego del arresto de su amigo, fue que llamaran a Saraiva Martins. Se vieron otra vez en la cámara privada de su santidad, sin música ni comida ni vino, solo los dos. Le preguntó Ratzinger si se acordaba del tema de la causa para santificar a Chesterton; el portugués le respondió que sí, que algo había trabajado su gente hasta que otras cosas más importantes (Saraiva no dijo cuáles, era innecesario) se habían cruzado. Ese fue el verbo que usó el padre Vincenzo al contarme la escena, "cruzado". Entonces los dos obispos llamaron al padre Vincenzo, que subiera con urgencia al aposento pontificio. No me dio detalles de lo que le dijeron, solo que ahora tenía que volverse a encargar del "asunto" con total discreción y sin pensar en nada más. Esa era otra vez su "única prioridad".

El padre cogió de nuevo la carpeta y fue a su oficina; se re-encontró con ese texto que apenas había empezado a leer antes de que se le atravesaran cosas más importantes, esas cosas cruzadas. El texto latino lo podía entender sin ningún problema, pero los fragmentos anglosajones, que parecían importantes, no. Y ya no estaba en capacidad de decidir: tenía que saber todo —todo— lo que decían esas hojas. Nada habla a veces mejor que la madera. Llamó al padre Giuliano, su ayudante más culto allí en el archivo, y le preguntó si sabía algo de anglosajón. "No", contestó el joven veneciano (ahí en Rialto Giuliano asentía, mientras su jefe terminaba el relato). "No, pero sí sé quién sabe; y si no sabe, sabe quién sí sabe…", dijo Giuliano. Llamaron a Cinzia Crivellari. "¿Pronto?", contestó ella al teléfono en Venecia, tarde en la noche. Ahora el relato era suyo, ahí en Rialto. "Pronto, profesora Crivellari", dijo desde Roma Giuliano: "Soy Giuliano, desde Roma, del Vaticano. Quería llamarla porque necesito un favor suyo. Solo usted puede ayudarme…".

Le contaron la cosa a la Crive: que tenían un documento importante con pedazos anglosajones que alguien tenía que traducir en la más absoluta discreción. Por eso no pensaban en un experto sino en un aficionado. Ella, que lo sabía todo, ¿no sabía esa lengua por casualidad? Dijo que no, que alguna vez la había estudiado pero que la aburría mucho. Conocía sin embargo a un profesor latinoamericano ("sudamericano") que le estaba ayudando en el Liceo Marco Polo. Era alumno suyo en el máster de la Ca' Foscari. Una vez lo había visto enseñarles a sus estudiantes del colegio rudimentos de ese idioma bárbaro de poetas y borrachos. Podía decirle, podía decirme, a ver qué. Pero eso sí: ella tenía que saberlo todo también. ¿Lo quieren? Me pagan. Se lo presento pero no me dejan por fuera, o no hay trato. Hubo un silencio al otro lado de la línea. Dos minutos, casi tres. "Está bien, *prof*", dijo Giuliano al fin. "Allá usted si quiere estar en esto". Nos vemos mañana, que es día de carnaval. En Rialto. "Vente", me dijo Cinzia. "Con un nombre que no sea el tuyo para hablar con estos señores; eso pidieron, dime cuál". Todos los nombres son un seudónimo, un heterónimo.

V

El expediente de un proceso de santidad es muy extraño. Por lo menos este de Chesterton lo era: había larguísimos pedazos grises como el alma de un banquero, y de repente, entre las citas de los doctores y los padres de la Iglesia, se desgranaba la poesía. Era como pasar sin previo aviso de la *Suma teológica* al *Quijote*, del infierno al paraíso, o al revés. Ya dije que esa primera noche en Padua leí los papeles de una sola sentada, con un diccionario latino y otro anglosajón descargados en el computador y a la mano, alumbrando con ellos las palabras y las plegarias que se abrían delante de mí como una selva. Por allí me metí y ya no pude parar; por esas breñas corrí maravillado al acecho de las sombras. El texto (al otro día le saqué fotocopia y aquí está conmigo; que Dios me perdone porque le juré por Él al padre Vincenzo que no lo haría, pero ya es muy tarde, siempre lo es), el texto empieza con una frase paradójica y casi irónica, como si la hubiera escrito el propio Chesterton: *La santidad no es cosa de santos.* Luego hay una larga introducción en latín macarrónico con el debate de lo que es la santidad según los más célebres sabios del primer cristianismo: Atanasio, Gregorio Nacianceno, Orígenes de Alejandría, Agustín de Hipona, Cirilo de Jerusalén. Esos nombres que leídos así parecen los de un poema. Pero en la página 10 empieza la historia, escrita por el relator con el pulso de un novelista. Traduzco un pedazo:

¿Cuáles son, pues, los milagros que se acreditan para reclamar la santidad del señor Chesterton? ¿Era de veras un santo, como nos lo preguntábamos atrás? Eso es algo que solo la Congregación habrá de decir, iluminada siempre por el Espíritu Santo. Yo apenas me limitaré a relatar los hechos de su vida en los que pudo estar presente la condición santífica, ese hálito que hace de los hombres y las mujeres ángeles entre la carne del mundo. Según quienes lo conocieron, fue el señor Chesterton gran filósofo, gran teólogo, gran novelista, gran poeta. Como quedó dicho, nunca rehuyó los compromisos de la fe; más bien puso todo su talento al servicio de la causa de la Iglesia, defendiendo sus fueros y principios cuando era del caso, exaltando con valentía su condición eterna y verdadera. Es cierto también que el señor Chesterton nació en un ambiente de gran descreimiento y libertad, casi de negligencia, y que sus padres, como él mismo solía contarlo, aceptaron la autoridad de la Iglesia de Inglaterra más para cumplir con el trámite social de su bautismo que por sincera devoción, lo cual acrecienta aún más la maravilla de que él se hubiera convertido tras pasar con inquietud y curiosidad por varios credos, hasta asentarse para siempre en el único y verdadero de la Santa y Apostólica Iglesia Romana. Tampoco importa que en sus años juveniles hubiera sido un disoluto o un tarambana: ¡quién no tuvo esa tentación alguna vez, y más en ese momento de la vida! Lo cierto es que el maestro Chesterton fue no sólo un campeón de la fe, como lo llamó su santidad Pío XI, Fidei Defensor, sino además un místico

en el más profundo sentido de la palabra: un creyente con una
idea y una presencia de Dios que no eran naturales ni comunes,
y que bien podrían ser el símbolo, en su caso, de una gracia
especial que suele ser la de los santos. Hay unos momentos muy
concretos de tal gracia y su revelación, unos instantes, unas
empresas cumplidas, unos raptos, que son los que aquí me
propongo relatar para definir su condición milagrosa o no...

Lo que seguía en el texto era la explicación de cómo había
surgido la idea de santificar a Chesterton justo en ese año
1958, que fue el primero de Juan XXIII, quien llegó con esa
extraña obsesión al Vaticano, o al trono de san Pedro, para
ser más precisos, pues en el Vaticano había estado siempre.
No allí, claro que no, pero sí viajando por el mundo con sus
credenciales y colores: en Bulgaria, donde visitaba a los enfermos y a los pobres sin que le importara su religión; en
Grecia, en Turquía, en Francia. Luego en Venecia, donde fue
patriarca y soñaba con caminar sobre las aguas verdes de los
canales, verdes entre las piedras. Aguas que temblaban, antiguas, que parecían reflejar aún la sombra de Casanova corriendo por los tejados y los jardines; todos allí huyen de
algo, del tiempo. Cinco años estuvo en Venecia como obispo
Angelo Giuseppe Roncalli, de 1953 a 1958, hasta cuando los
cardenales del cónclave lo hicieron papa y él salió al balcón
de san Pedro a dar la bendición *urbi et orbi*, a la ciudad y al
mundo. La multitud esperaba ansiosa en la plaza; tres veces
exhaló la chimenea de la capilla Sixtina el humo del Espíritu
Santo, su tos, y la tercera fue el blanco que se fundió muy
pronto con el cielo. Entonces se vio salir al camarlengo sonriente y festivo, diciendo a gritos las palabras habituales que

él creía en latín pero que en verdad le sonaban en italiano, esa forma terca y rebelde del latín: "Anuntio vobis Gaudeum Magnum, Habemus Papam!...". El anciano que salió esa tarde a dar la bendición era un hombre rubicundo y bonachón, simpatiquísimo. Se puso el nombre de Juan por san Juan Evangelista, pero sobre todo por su papá que también se llamaba así y era un labriego. Juan XXIII, el Papa Bueno. El papa que les dijo con una sonrisa a los cardenales, apenas elegido, aún adentro de la capilla Sixtina y antes de salir a saludar al pueblo en la plaza, que él no iba a ser un "viejito inofensivo". No lo fue, de hecho; desde ese momento no lo fue, jamás lo fue hasta su muerte. Hizo entrar a monseñor Alberto di Jorio, quien había sido el secretario del cónclave y rondaba su puerta como un cancerbero, se quitó su "capelo cardenalicio", y se lo dio. "Ahora será usted el cardenal, eminencia", le dijo a Di Jorio, y así marchó hasta el balcón a darle la bendición al mundo: *Urbi et orbi*. La sonrisa no le cabía en la cara, ni siquiera en la columnata de Bernini. *¡Habemus Papam!*

Una de las primeras cosas que hizo Juan XXIII al llegar a Roma fue ventilar su obsesión por la obra y la figura de Chesterton. Yo, la verdad, no lo sabía; no oí jamás algo así, ni siquiera que lo hubiera leído o que lo estudiara, nada. Pero el relator de la causa (cuyo relato sigo al pie del cañón) es enfático en ello:

Su santidad Juan XXIII ve con los mejores ojos este proceso; todo proceso que sirva para celebrar la vida de un buen cristiano es del agrado de Su santidad, quien además fue el primero en sugerir que se hicieran las indagaciones del caso...

Era una franca violación del procedimiento establecido para proponer una candidatura en la Congregación para las Causas de los Santos, que entonces se llamaba la Sagrada Congregación de Ritos. Daba igual: el nombre de la congregación y el procedimiento valían un peso, daba igual lo uno o lo otro. Cuando uno es papa esas cosas no importan; si no para qué se es papa, a ver, para qué. Eso mismo decía Juan XXIII con su sonrisa y su paraguas: para qué se es papa si no es para mandar, a ver, para qué soy papa. Y él mandaba a que con total sigilo se iniciara la causa de la santidad de Chesterton. ¿Que si había milagros? Sí, los había: comprobados en tiempos de su santidad Pío XI, quien le había encomendado una misión especialísima al célebre escritor inglés. Allí estaban las pruebas, además, del puño y la letra del propio pontífice.

Ya dije que no tenía la menor idea de semejante debilidad de Juan XXIII por el gran novelista, lo cual ahora me hace querer muchísimo más a ese papa sibarita y ecuménico; a ambos, a él y a Chesterton. Pero no me extrañó tampoco que la tuviera, para nada. Me parecía un gesto extravagante, sin duda, rarísimo y audaz. Pero muy inteligente de quien quería abrir las puertas de la Iglesia y tender de nuevo los puentes derruidos con otros credos y otras gentes, aun aquellas que habían abandonado el barco de Roma hacía más de quinientos años, o más. Como lo empezaron a advertir pronto y con horror y risa nerviosa los cardenales que lo habían elegido, a ese "viejito inofensivo", el papa cogió las riendas apostólicas y trazó una ambiciosa política de acercamiento al mundo, gustárale a quien le gustara. Eso incluía renovar un diálogo cada vez más sentido con los pobres, con los judíos, con los ortodoxos griegos y eslavos, con los protestantes. Y en ese plan la Iglesia de Inglaterra tenía un lugar excepcional, pues de los herejes era la que más se parecía a la Iglesia católica. Quizás ya fuera hora de dejarse de pendejadas. Quizás por eso a Juan XXIII se le había metido en la cabeza que Chesterton, un inglés que había sido descreído y anglicano y luego católico de verdad, es decir, un hereje, le podía servir más que nadie para cauterizar esa herida que unas faldas abrieron. Solo esa herida, pero herida al fin y al cabo. Fue algo que se me ocurrió leyendo el expediente, y no había que ser un genio para suponer algo así; luego supe que estaba en lo cierto, después. Por eso el papa pedía tanto secreto, tanta discreción: que la santidad de Chesterton no hiciera ningún ruido, que nadie supiera que se estaba abriendo camino. Para qué. Las ascuas de la discordia no se apagan nunca, siempre hay manos y ojos y rumores dispuestos a atizarlas otra vez. Mejor que las lenguas de fuego se ocuparan de otro pajar. La santidad no es cosa de santos.

Eso decía el relator de la causa, el obispo Amleto Giovanni Cicognani: la santidad no es cosa de santos, no por ahora. Así empezaba su relato. Esa noche paduana en que leí por primera vez su nombre no sabía quién era, no tenía la menor idea de su importancia y lucidez, de su generosidad, de su bondad, de su pensamiento libre y respetuoso. Pero luego lo supe y otra vez me encontré con su nombre muchas veces y aprendí a quererlo y a admirarlo. El obispo Cicognani era el relator de la causa de la santidad de Chesterton, y por lo que supe de él luego en mis investigaciones, no me extraña tampoco que lo fuera, todo lo contrario:

su hermano, el cardenal Gaetano, era el prefecto de la Sagrada Congregación de Ritos —ya dije que entonces se llamaba así, hasta 1969—, y a nadie podía tenerle más confianza para cumplir esa misión con el cuidado que el papa imploraba. Había además algo aún más importante: el obispo llevaba veinticinco años viviendo en los Estados Unidos como delegado pontificio, y hablaba inglés como si hubiera nacido allá, e incluso mejor. Entendía como nadie el mundo anglosajón, era un estudioso capaz de comprender por igual los problemas de la teología y de la reforma del clero y de la Iglesia, o los del arte contemporáneo y la poesía beat. Suya era esa letra sepia del expediente, esa letra que luego aprendí a conocer casi tanto como la mía, sus pulsaciones y su ánimo, la firmeza cuando defendía a Chesterton o el sarcasmo del que era capaz deslizando entre los latinajos alguna verdad y algún navajazo. El obispo Amleto Cicognani fue sin ninguna duda la mejor elección para relatar la causa de esa santidad tan peligrosa y tan extraña. Por eso, quizás, el papa lo hizo cardenal en diciembre de ese año.

Según el texto del expediente de la causa —Dios mío, sólo te pido que no me dejes hablar como un abogado; sólo eso te pido, por lo que más quieras— el papa Pío XI dejó un documento secreto, hoy perdido, en el que explicaba la verdadera razón por la que había hecho a Chesterton "Defensor de la Fe": no solo por sus méritos como escritor y teólogo y humorista, que eran indudables, reconocidos en el mundo entero, sino también por un servicio especial, una misión delicada que había prestado en 1929. Parte de ese documento secreto y perdido está transcrito allí en la causa, con una frase categórica de ese papa: *Hice Defensor de la Fe a Gilberto Chesterton por sus asombrosos y muy cristianos servicios, pero he debido hacerlo Santo…* En la transcripción no está la fecha de esas palabras, pero tuvo que ser entre 1936, cuando la muerte de Chesterton, y 1938, cuando la muerte de Pío XI. Quizás en 1937, no lo sé ni tampoco lo pude averiguar después. Lo que sí está en ella es lo que hizo Chesterton, según el propio vicario de Cristo en la Tierra, como para no excederme en confianzas y manoseos diciéndole siempre "el papa"; y su mensaje muestra también, con toda claridad, el hastío de los años finales de su pontificado, cuando los peores presagios se habían cumplido ya y Europa empezaba a estar en manos de la infamia:

¡Ah, cuán amargo para el mundo fue ese año de 1929! Mi corazón albergaba los peores miedos y todos se han consumado, todos. Pero mi gobierno seguía firme, con la idea que me tracé desde el principio no más llegar a la silla de Pedro: fortalecer la fe de los católicos en el orbe entero, defendiéndolos de las agresiones en México, en la Europa de Oriente, en Alemania o en Austria o aquí en la propia Italia. Por eso me propuse, y lo logré, santificar a tantos y beatificar a tantos. ¿Demagogia? Eso dicen algunos. Lo que yo sé es que nuestra Santa Iglesia necesitaba esa campaña de renovación de su fe, aun llevando a los altares a cientos de sus mejores capitanes en toda la historia. ¿Que muchos no eran santos? ¡Ah, hermanos míos, ovejas! ¡Es tan difícil saber de este lado del cielo lo que es la santidad verdadera! Yo sé muy bien lo que es y hoy puedo decir que no me arrepiento de haber hecho santa a tanta gente buena. ¿Que eran demasiados? Sí: me lo enrostran todos los días, incluso aquí mismo en el Vaticano. Pero ya dije que esa era mi política y lo fue,

y ha sido un éxito: santificar tanto como se pueda, para que Roma
esté así cada vez más cerca de su pueblo. Por eso me duele ahora no
haber hecho santo a Gilberto Chesterton: ¡me ayudó tanto en ese
empeño de cosechar santos, que qué me habría costado hacerlo santo
a él también! Murió y lo hice Defensor de la Fe, que no es poca
cosa. Pero la santidad tampoco lo es, no. Hice Defensor de la Fe a
Gilberto Chesterton por sus asombrosos y muy cristianos servicios,
pero he debido hacerlo Santo...

Luego el papa Pío XI (sigo la transcripción que hizo el
obispo Cicognani en el expediente) cuenta cómo en diciembre de 1928 llegó a Roma la petición de santificar a
todo un pueblo francés que protagonizó una acción he-
roica durante la primera cruzada. ¡Un pueblo entero! Eso
era lo que necesitaba la Iglesia: santos a granel, y qué mejor
que todas las almas de una villa para engrosar de un solo
golpe el santoral. El papa lo dice sin rubores: *Ese era el*
milagro, hacer santo a todo un pueblo... Había un problema,
sin embargo: las fuentes del hecho eran confusas, las crónicas no decían que de verdad hubiera ocurrido. Pío XI
caminaba desesperado por su habitación clamando al cielo
como un viejo profeta, pues tenía que haber alguna manera de comprobar el milagro. Primero el martirio y después el milagro. ¡Un pueblo entero, por Dios, un pueblo
todo!, pensaba para sus adentros el vicario de Cristo sobre
la Tierra. Se frotaba los ojos, también las manos con ansiedad. ¿Qué podía hacer?

Una noche estaba ya desconsolado el papa, y entonces
tuvo una iluminación, una epifanía. En su escritorio dormía
desde hacía días el último libro que había leído en sus ratos

de ocio, el *¿Por qué soy católico?*, de Gilbert Keith Chesterton. No sabía muy bien la razón, o quizás sí, pero le encantaba ese novelista inglés. Su humor, su imaginación, eso le gustaba mucho al papa, por no mencionar su estilo polémico y absurdo, contrario a todo progresismo. Llevaba por doquier ese libro, y una tarde le dijo su secretario privado: "Su santidad perdonará mi asombro, mi intromisión, pero ¿qué hace usted leyendo a ese espiritista?". ¿Ah? El papa de verdad no entendía, o eso escribió en el documento que transcribió Cicognani para su expediente de la causa de la santidad en el 58. De verdad lo sorprendió esa pregunta impertinente y enigmática, hasta el punto de que iba a reprender —son sus palabras, transcritas— a su necio secretario, quien se adelantó sin embargo a contar que él conocía muy bien a Chesterton, desde la juventud. Había vivido en Londres muchos años de niño y adolescente, en Kensington. Allá se hizo amigo de Chesterton y de su hermano Cecil, también un tipo encantador. Todos, de hecho, se dedicaban a la bohemia: a caminar por la ciudad y a beber cerveza, a hablar de libros, de política, de misterios. Porque los hermanos Chesterton tenían esa pasión por lo oculto, e incluso practicaban el espiritismo y hablaban con los muertos, parece que muy bien y en largas y amenas y fluidas tertulias, por la vía espeluznante de la tabla güija, de la que ambos, pero sobre todo Gilbert, eran expertos intérpretes y operadores. Así que eso era lo que le causaba tanto asombro al secretario privado del papa: que su santidad anduviera leyendo los libros de un amigo de la noche, de un espiritista probado y disoluto; sobra decir que al secretario le valía muy poco la conversión de Chesterton, y menos aún sus libros, que bien podían estar al nivel de los de cualquier doctor de la Iglesia católica, o incluso más alto. Fue esa noche de su desconsuelo al límite, entonces, cuando Pío XI tuvo esa epifanía al ver sobre su mesa el libro de Chesterton, *¿Por qué soy católico?* Lo dicen sus propias palabras: se le iluminaron los ojos, era como una anunciación verdadera. Entonces le pidió a su secretario privado que le dirigiera una carta al señor Chesterton de su parte. Quería proponerle algo.

Hasta allí transcribe Cicognani el documento de Pío XI, pero es obvio que todo lo que sigue en su relato, la relación de los milagros presuntos de Chesterton para demostrar su santidad, son sacados de la misma fuente. Empiezan entonces —siguen, basta nacer— la novela y el misterio. La santidad no es cosa de santos.

VI

Chesterton recibió la carta del papa un mes después, quizás en marzo, en su casa en Beaconsfield, Top Meadow. Venía en un sobre lacrado con el sello pontificio uniendo las comisuras, escrita en papel de arroz casi transparente, como las virtudes y el pecado: "Su santidad urge su ayuda…". ¿Cómo sé yo esto? ¿Cómo sé de esa carta que se debió perder, o que acaso el fuego devoró en segundos, soplándola luego en un puñado de cenizas al viento? Lo sé porque el día final, cuando mi trabajo y mi favor ya habían terminado, recibí de manos del padre Vincenzo, como el mejor regalo, los papeles secretos de Chesterton referentes a sus servicios prestados a la Iglesia en 1929. Eran secretos esos papeles, obvio, porque ni él ni nadie de su entorno quiso nunca que ninguno de ellos, ni una sola letra, se conociera jamás. Solo que en mi caso ver esos documentos era casi un destino, y entonces los pude tener.

Los enviaba Judith Lea, albacea de Dorothy Collins, quien era secretaria de Chesterton y su hija adoptiva, heredera además de todas las cosas del maestro, incluyendo su biblioteca, sus gafas, su sombrero, su máquina de escribir, su bastón y sus secretos. Dorothy Collins fue durante años la custodia del inmenso legado chestertoniano, y por él se paseaba regándolo con amor y gratitud como el jardín que era, día y noche. Siempre con una taza de té en la mano, siempre. Fue ella también quien organizó los papeles de Chesterton en el ático de su propia casa, al lado de la de su padre adoptivo y benefactor. Al morir la señora Collins en 1989, su asistente, la buena señora Lea, fue la ejecutora de su testamento, como si se tratara de una de esas novelas victorianas que tanto lo conmovían a él. Con esos nombres y esas mujeres dignas y solitarias, de pelo recogido, anteojos, corteses, encantadoras. Ella vendió esos papeles en 1990 a la Biblioteca Británica, donde aún se encuentran. Pero no todos: quedaron por fuera de esa venta justo los que se referían al viaje a Roma en 1929, incluso la copia manuscrita en su diario de algunos pedazos de esa primera y misteriosa carta que le enviaba el secretario de Pío XI, en la que le solicitaba sus servicios para una "delicada misión pastoral".

El mismo Chesterton se sintió desde el principio en una broma, o aun mejor o aun peor: en una de sus propias novelas; nunca hay que tentar demasiado a la ficción porque al final todo termina siéndolo, incluso las novelas. Recordó entonces un episodio que le había tocado presenciar en Tennison Road, en South Norwood, Londres, cuando una turba enloquecida llegó hasta la casa de Arthur Conan Doyle a sepultarla en piedras y tomates. De no ser por los vecinos no habría quedado ni rastro de la mansión; ni piedra sobre piedra, qué paradoja. Se veía al pobre creador de Sherlock Holmes desde la ventana de su estudio, blandiendo un pañuelo blanco para que las masas se aplacaran. Chesterton iba a visitarlo (era la primera vez en su vida que lo hacía, según puso en su diario) y pronto se vio arrastrado por la marejada humana que corría sin riendas hasta las puertas de la casa del maestro, allá arriba con su pañuelito, caminando de un lado al otro de su estudio sin saber qué más decir ni hacer. "Pero ¿qué es lo que pasa?", preguntó el joven Chesterton, pues según mis cálculos debía de tener veinte o veintiún años. Entonces un enardecido agitador se lo explicó: en diciembre del año pasado, 1883 según mis cálculos también, *The Strand* había publicado *El problema final*: un relato sobre Sherlock Holmes y el señor Watson, en el que el célebre investigador moría cayendo junto a su enemigo Moriarty por las cataratas de Reichenbach. Y eso era algo que la gente no podía permitir, dijo el tipo todavía sobresaltado. "¿Quién va a resolver ahora nuestros misterios?", se preguntaba mirando a todos lados, mientras los demás manifestantes exigían con las manos arriba el regreso de su héroe. Ese día supo Chesterton que la ficción es más peligrosa que la realidad, muchísimo más, porque la gente le profesa más fe; porque la necesita mucho más para vivir. Eso escribió en su diario después de copiar un largo pedazo de la carta que le enviaba el chambelán del papa. Primero señalaba la extraordinaria calidad del sobre y el papel en que venía el mensaje —*Sobre lacrado con el sello de su santidad, papel de la China...*—, y luego de leerlo varias veces y de transcribirlo casi todo, se preguntaba si no estaría en una de sus propias historias, usurpándole el lugar al padre Brown.

Recuerdo emocionado aquella tarde en Londres cuando fui a visitar a Conan Doyle y una multitud enardecida me cerró el camino hasta su casa. Lo que esa gente pedía era justicia, justicia poética. Que Sherlock Holmes no muriera. Vi desde la calle al maestro en su estudio, asomado por la ventana con un pañuelo piadoso y blanco. Vi sus ojos de angustia ante el monstruo que él mismo había creado; esos ojos se cruzaron con los míos, quiero creerlo, por un instante. Implorando ayuda. Entonces era yo muy joven y mi alma lo era aún más, arrastrada por los vicios que la llevaron al fondo de su propio abismo. Pero ese día supe que la ficción es más peligrosa que la realidad. Que hay que temerles más a la fantasía o a los sueños o a las pesadillas que a lo que vemos y tocamos. Porque a diferencia de la realidad, la ficción sí es necesaria para el hombre, un acto de fe...

Chesterton, llegado el día, salió de Londres muy temprano en la mañana. Salió justo cuando el *Times* entraba a su casa con una reseña demoledora sobre su último libro, *¿Por qué soy católico?* Sin tener tiempo siquiera de leer ni refutar ni disfrutar esa diatriba (así lo dijo en su diario, cuya letra sigo al pie para rehacer el camino), se puso el abrigo y el sombrero, los anteojos, abrió el paraguas y fue hasta la estación de Paddington para tomar allí el tren que lo llevaría hasta Dover. Luego un barco con el que cruzó el canal, y luego otro tren por toda Francia hasta llegar a Milán. De allí hasta Roma, donde lo esperaba la gente del papa, que lo recibió con verdadero alborozo. No iba solo, su esposa y su secretaria lo acompañaban. Al llegar por fin a la Ciudad Eterna —*ciudad de gatos, crepúsculos y flores en el piso*, escribió Chesterton en su cuaderno, junto con el dibujo de una fuente— se hospedaron en el Hotel Hassler, en Trinità dei Monti, sobre las famosas "escalinatas españolas" desde las cuales se veían descollar las cúpulas y las ruinas. Primero el obelisco, al frente del hotel, y hacia el noreste la basílica de San Ambrosio y la iglesia de San Roco, muy cerca del mausoleo de Augusto, y al fondo, como un volcán contenido en el atardecer, San Pedro y el Vaticano. No podían tener un mejor panorama los felices viajeros ingleses. Con la música de las campanas tañendo desde la madrugada, una sinfonía para los oídos de los tres.

La carta del papa no decía en verdad nada claro, no revelaba ningún detalle. Solo que en Roma se necesitaba la ayuda del "maestro" para resolver un misterio, ¿aceptaba la invitación? Chesterton había respondido de inmediato que sí, que era su honor y su deber. ¿Podía saber más o menos en qué consistía la ayuda que su santidad esperaba de él, cuál era el misterio que convocaba su humilde intervención? Pío XI le mandó entonces un nuevo mensaje, ahora de su propia mano, contándole más detalles del plan, si así podían llamarlo. Le dijo por qué quería tener tantos santos en los altares, cuántos llevaba. Su ayuda sería invaluable, no podía adelantarle nada más. ¿Aceptaba ir a Roma? El maestro no lo pensó dos veces: dobló la carta, supongo, y fue de inmediato adonde Frances a contarle todo, como hacía siempre, sonriente y cariñoso. A pedirle su consejo y su autorización. Eso no está en el diario, claro que no, pero no es difícil imaginárselo, como si fuera una novela: Chesterton sentado al pie de la cama y su mujer en ella, ya dentro de las cobijas pero inclinada, varias almohadas en el espaldar, leyendo al doctor Johnson. Una luz tenue, un crucifijo. "Debemos ir a Roma", debió decirle él.

Y ella debió responderle que sí, que adonde él quisiera ella iba. Sin despegar los ojos del libro, Frances Chesterton quizás sonrió también; la lluvia se descolgaba por la ventana de Top Meadow, como si la escena ocurriera así, difuminada por el agua. No sé cómo fueron las cosas, solo me las estoy imaginando. También la lluvia. "Debemos ir a Roma".

Lo que sí sé, porque está en el diario de Chesterton, es cómo fueron los preparativos del viaje durante meses antes de la partida. Y el temor de no poder viajar cuando Frances sintió unos terribles dolores en el abdomen y a las pocas horas la operaron de apendicitis, casi en la víspera. Y así, convaleciente y pálida, la buena mujer se opuso con toda la severidad de la que era capaz, que era mucha, a que se cancelara nada. Se iban a Roma y punto. Ella, Gilbert y Dorothy Collins. Todo estaba arreglado, además: los trenes, las maletas, el hotel, aun Italia. Un tercer mensaje había llegado desde el Vaticano en los días de la agitada antesala del viaje: no decía nada nuevo, ni nada, solo que Roma los esperaba con fervor y gratitud. Los esperaban en octubre —a mediados de octubre, que fue cuando llegaron— con el otoño segando las primeras ramas de los árboles. Esa es la expresión que puso Chesterton en su diario, lo que transcribió de la carta: *Con el otoño segando las primeras ramas de los árboles...* Dos habitaciones de la mejor condición estarían dispuestas para ellos en el Hotel Hassler, mirando hacia la plaza y el obelisco, hacia la eternidad de Roma entre las cúpulas y el cielo. Y quien haya estado en ese sitio sabe que es así, que no es una figura literaria: toda la ciudad desplegada en su esplendor de punta a punta, como un enorme jardín del que se levantan las columnas, los campaniles, el rumor del río corriendo por entre su lecho sobre el que bailan los gitanos.

Así que allí, en ese albergue, tenían que esperar a que se les dijera qué hacer y cuándo; Chesterton tenía que esperar. Era un momento perfecto para llegar, además, pues su visita coincidía de manera exacta con el inicio del calendario cultural y académico de la ciudad. Varias universidades y varios colegios querían invitar al gran novelista a dar charlas o discursos mientras estuviera en Italia, y no solo eso: el mismísimo Duce ya se había enterado de su llegada, y pensaba agasajarlo un día. Hablar con él, comer pasta, nada es más importante para un italiano: ni la política ni la ley ni el arte, nada. Y mucho menos para Mussolini.

Chesterton salió entonces de Londres muy temprano en la mañana y apenas ojeó el *Times*. Su esposa todavía estaba demacrada y adolorida, pero aun así el viaje se dio sin sobresaltos: de Londres a Dover y de Dover a París; de París a Lyon, de Lyon a Milán, de Milán a Roma. Los tres viajeros llegaron en la tarde a la estación de Termini: ya empezaba a hacer frío en ese octubre de 1929 y unos pajes vestidos de negro los recibieron al bajarse del vagón de la primera clase. Los saludaron en francés, cogieron sus maletas y los llevaron al hotel. Al día siguiente los despertó el repicar de las campanas a rebato, el canto de los pájaros revoloteando. Bajaron los tres a caminar por la vía del Corso hasta la plaza del Pueblo, de allí fueron al Panteón. Chesterton lo dibujó con rápidos trazos sin levantar siquiera la mano; luego metería ese boceto dentro de su diario con una leyenda: *El paganismo es la religión de los mortales*. Desayunaron en una cafetería muy cerca, un menú que también quedó inscrito con precisión, quizás demasiada: *Frances, agua y galletas, algunas fresas; Dorothy, café, tarta de chocolate, una manzana; yo, una cerveza, queso del lugar, tarta de nueces.* Al volver al hotel, sobre su cama, Chesterton encontró una nota en la que le pedían no decirle nada a nadie, ni siquiera a su esposa (fue lo primero que hizo), e ir en la tarde, a las cinco, hasta la basílica de San Pablo. Allí alguien lo estaría esperando: de negro y con sombrero.

Llegó puntual a la cita. O eso infiero de la lectura del diario:

Estuve allí a la hora convenida, mirando todo el tiempo el reloj para no distraerme. Aproveché y fui adentro del templo a orar un poco, y aun así me distraje con los mosaicos y un coro que cantaba antes de la misa, en la que casi me quedo hasta que recordé qué me había llevado a ese sitio sagrado. Salí entonces y allí estaba, de negro y con sombrero, aquel hombre...

Chesterton lo saludó con alguna vacilación, pero muy cortés; el tipo se dio la vuelta, sonriendo. Se estrecharon la mano. ¿De verdad no lo reconocía?, le preguntó el desconocido en un inglés perfecto, con acento londinense a pesar de su dejo italiano y romanacho. Chesterton sonrió otra vez (me imagino que sonrió, siempre lo hacía), pero la verdad era que no: no lo reconocía, no le resultaba familiar su cara ni su voz. ¿De dónde?

—Soy Fiore —le dijo—, Marco di Fiore.

Bajo su abrigo se le veía la sotana. Ambos se quedaron en silencio, *hasta que entonces, de un solo golpe, tuve una imagen de los dos cuando éramos niños, corriendo en Hyde Park hacia el Lago Serpiente, yendo luego al Club de Debate Juvenil en el que también estaban Oldershaw y Bentley…*

Era Marco di Fiore —siguió Chesterton en su cuaderno—, claro que sí, claro que se acordaba: el italiano dicharachero de su juventud, en Kensington. "Marcus de Flore", como le decían todos en el club de debate y en San Pablo, la escuela a la que iban, quien siempre terminaba las discusiones con las ideas más absurdas y brillantes que uno pudiera imaginarse. Era tan enrevesada su manera de pensar, tan asombrosa, que de hecho ninguno de sus compañeros sabía nunca si lo que decía era en serio o no, si estaba proponiendo una genialidad o una tontería, o las dos cosas al tiempo, como suele suceder en muchos casos. Eso por no hablar de su casa y su familia: una mansión llena de italianos y alaridos, en la que una abuela delgada y tierna movía los hilos del mundo con verdadera maestría, mientras la madre se ocupaba de la educación de los niños más pequeños, siete hermanos, y el padre de la vida mercantil que lo había llevado a Londres desde hacía muchos años, vendiendo los suministros para las pastelerías y las heladerías con que los italianos habían invadido la ciudad a mediados de siglo: desde antes de que Mazzini llegara a vivir en ella, y luego, ya con el "corazón batiente de Italia" instalado en Clerkenwell, "Little Italy", mucho más. La verdad es que todos los hijos de Giuseppe di Fiore eran más bien unos "britálicos": típicos italianos o hijos de italianos crecidos en las islas, que hablaban inglés y el dialecto de su casa, el veneciano o el milanés o el napolitano. Que comían por igual pasta, ojalá, y *fish & chips* a la hora de la cena. Los Di Fiore habían conocido la fortuna en Inglaterra, allí habían conjurado su destino de cocineros pobres en el puerto de Ostia. Incluso el propio Mazzini visitaba su casa para hablar de lo único de lo que hablaban los italianos en aquellos tiempos, y en todos: de la comida. Para hablar luego de política, de la unidad. Había un piano de cola en la mitad de la sala y a veces don Giuseppe lo tocaba cantando las canciones de su abuelo, un marinero. También Mazzini algo de piano tocaba, himnos del exilio, canciones de esperanza por la Italia unida y libertaria. Chesterton alcanzó a vivir y a disfrutar el espíritu de esa casa que parecía embrujada en medio del silencio, pues desde el principio se hizo amigo del joven Marco que estaba en su curso y al que pronto invitó a participar en las sesiones del Club de Debate Juvenil, al cual le caía de maravilla ese aporte de la oratoria latina de tribuna y brazo al aire, tan contraria a la flema de los británicos que en vez de hablar preferían argumentar. Que en vez de las lágrimas o la elocuencia preferían la ironía. Gilbert y Marco fueron grandes amigos durante varios años, hasta la adolescencia, cuando algo los separó.

No podría yo decir qué. Solo que nuestros destinos se empezaron a bifurcar sin remedio un día, y nuestra amistad se marchitó y nunca más volvimos a saber nada el uno del otro. Marco regresó a Italia, además, y pocas eran las noticias que llegaban a Londres de su nueva vida en su viejo país. Creo que en el fondo hubo algo religioso que sí nos separó, oh sí, y que hoy habla muy bien de él y muy mal de los tormentos que entonces sacudían a mi alma.

Fue esa la peor época de mi vida, cuando puedo decir que de verdad conocí el mal; y más que eso: en él me solazaba, cada uno de sus misterios era para mí como una puerta que yo empujaba feliz y por la que entraba, siempre ávido de más. Marco era un católico de verdad, a pesar de su alegría y su bondad; o quizás por ellas mismas, esa era y es la marca del catolicismo. Así que veía con muy malos ojos los excesos en que ya navegábamos (naufragábamos) mi hermano y mis amigos y yo, sobre todo yo, no quiero poner en las manos de nadie más la culpa de haber sido quien fui en esos días bochornosos de mi juventud. Reconocer entonces a Marco di Fiore ahí en frente mío, en la iglesia de San Pablo, tantos años después, fue una dicha de otros tiempos: como el resumen de mi vida en una aparición. Habría querido abrazarlo, decirle que yo también era otro ahora, que poco quedaba, para mi fortuna, de ese muchacho extraviado al que él dejó. Pero no lo hice, solo sonreí otra vez y le dije que los recuerdos son más esquivos que el propio pasado. Sonrió también, nos fuimos caminando. Ahora Marco di Fiore es un sacerdote al servicio de Dios y de su santidad…

Se fueron caminando por la vía Ostiense los dos viejos amigos, con el tiempo a cuestas, todo el tiempo que había corrido entre ellos bajo el puente. Hablaron de sus recuerdos, de la vida que hicieron luego sin compartir. Cómo Chesterton se había hecho un famoso escritor de ensayos y novelas, Marco di Fiore un prelado de la Iglesia, hasta llegar a ser el secretario del papa Pío XI. De eso quería hablarle —dijo Di Fiore—, justo de eso. Para eso estaban allí. Chesterton asintió. Entonces el cura le fue contando todo con gran detalle, caminando muy lento, para qué le habían pedido que fuera. Por qué el papa estaba tan empeñado en esas masivas santificaciones que estaban salvando a la Iglesia, y lo difícil que era lograrlas dentro de la burocracia vaticana, que siempre exigía pruebas, rigor, la verdad. Los malditos abogados del diablo hacían muy bien su trabajo, con ellos allí era imposible tener los suficientes santos. Chesterton no pudo evitar decir un chiste que copió también en su cuaderno: "Que hagan santo al diablo entonces". Luego se arrepintió, ante la cara de horror de su amigo de otros tiempos, como si el tiempo no hubiera pasado ahora. Se dio cuenta de la imprudencia en la que había incurrido, y por tratar de arreglar las cosas dijo acaso algo aun peor, que después transcribió también: "Ya veo: esos santos son santos porque hacerlos santos va a salvar a la Iglesia. Me parece muy bien". Solo que ante semejante verdad, dicha así, sin juegos ni pudor, Marco di Fiore no pudo más que aceptarla. Para eso lo necesitaba el papa en Roma, para eso: para hacer santos. Chesterton le respondió entonces que se sentía muy halagado, que nada lo hacía más feliz que estar en la Ciudad Eterna convocado por su santidad. Pero que de verdad él no creía ser la persona indicada para tamaña empresa, "ni siquiera por mi tamaño". Él era un escritor —*le dije que yo apenas era un novelista y un mal poeta, un coleccionista de perplejidades, un humorista…*— y no un teólogo ni un sabio. Se había hecho católico, sí, y era un hombre de fe; pero sus pecados eran tantos que fabricar santos le parecía imposible. Podían contar con él para lo que quisieran, no para eso. "Lo siento". Di Fiore le dijo entonces ya no solo para qué lo querían en Roma, el propósito, sino por qué, la razón verdadera por la que lo habían buscado. Le contó el episodio del libro en la recámara del papa, que era su admirador de años. Y cómo él le había advertido a su santidad que ese libro estaba escrito por un espiritista y quiromante. Chesterton sintió un aire frío que le atravesó el cuerpo de arriba abajo, en un segundo, aun su cuerpo enorme; *hay recuerdos que es mejor que nunca nazcan*, puso en el diario. Lo curioso es que eso no le había molestado al papa, todo lo contrario: ahora tenía una alocada idea que quizás le sirviera para abrirles la escalera al cielo a sus santos nonatos.

Chesterton volvió al hotel ya de noche. Su estado de angustia y aturdimiento era tal, que ni siquiera le pudo contar a Frances lo que había pasado. Lo escribió en el diario con trazos rápidos que denotan su inquietud, creo:

Pobre Frances: al preguntarme cómo me había ido solo pude decirle que bien. Supo entonces que no era cierto, porque ni siquiera le hablé de San Pablo, un templo que nos hizo tan felices en nuestra primera visita hace siete años. Ella sabe reconocer con apenas mirarme qué tengo y qué me pasa, pero esta vez no podía decirle nada. No hasta que hable con su santidad. Quizás sea mañana…

Su esposa le entregó una tarjeta que le había llegado poco después de que saliera hacia San Pablo. Era la invitación de Mussolini.

VII

Mucho se ha escrito sobre la entrevista de Chesterton con Mussolini a finales de octubre de 1929. Sus detractores han querido intuir en ella, por supuesto, la mejor prueba de los coqueteos fascistas del gran escritor, quien varias veces celebró lo que estaba pasando en Italia en esos años siniestros y quien veía con buenos ojos el tradicionalismo y el catolicismo del Duce y sus seguidores. Además de ser considerado un conservador y un reaccionario en el más profundo sentido de la palabra, que lo era, Chesterton también ha sido acusado muchas veces por su presunto (y no tan presunto) antisemitismo, por no distanciarse de manera clara de algunos gobiernos de fuerza que por entonces se estaban levantando en Europa sobre los hombros del diablo. Los defensores de Chesterton, como si de veras los necesitara, casi siempre asumen la postura estúpida de negar los hechos o de minimizarlos, tratando de justificar las razones por las cuales él decía lo que decía o hacía lo que hacía, como si además siempre hubiera razones para todo en la vida. Y no. Se trata también de esa funesta forma en que Chesterton se volvió un fetiche para los más bochornosos y enceguecidos radicales, que se adueñaron de su nombre y de su pensamiento, de su figura toda, que no era poca cosa, para administrarla como en una iglesia donde solo se cantan, entre volutas de incienso, los méritos reales o inventados del gran ídolo. Nada hay peor, como decía alguien, que el dogmatismo del acólito; nada más peligroso para las cosas magníficas del mundo que la admiración que por ellas sienten los imbéciles.

Nadie va a negar que Chesterton era un católico obstinado y orgulloso de serlo, de ser católico y obstinado, y que buena parte de los encantos de su obra como polemista están allí, en la manera tenaz y brillante en que defendía sus verdades —La Verdad, diría él— sin que le importara un bledo su impopularidad o su incorrección política. Abrazado a sus creencias, Chesterton se daba el lujo de despreciar cuantas veces fuera necesario a la razón, con un argumento no del todo falso: que nada hay en el mundo que inspire más fanatismo e irracionalidad que la razón misma; que antes que ser un instrumento de la comprensión del universo y sus cosas, lo racional suele ser una ideología, o al menos lo era para él. Por eso daba las batallas que daba "san Gilberto": porque sentía que ese era su destino y su deber como cristiano y humorista. Defendía al papa, al matrimonio, la castidad, la tradición, la santidad: los escollos del mundo moderno, escollos a un texto implícito. Pero Chesterton era mucho más que eso, aunque tanto les duela a tantos de sus más arbitrarios intérpretes, como si de verdad la idiotez fuera una fuente válida de autoridad y de interpretación; y suele serlo, a veces suele ser la única. De allí, de su actitud generosa y tolerante y compasiva, de su condición de cristiano auténtico y excepcional, su amistad con los grandes herejes de su tiempo. De allí también su pasión por el debate, su respeto por el prójimo. Solo quien dialoga puede conquistar una idea; solo quien escucha puede dialogar.

Así que no: qué sentido tiene negar que Chesterton se entrevistó con Mussolini y que le profesaba cierta simpatía, que había cosas del Duce que le gustaban más que el caos y el comunismo, sin mencionar que el propio Mussolini había sido comunista casi toda su vida y que muchos de sus métodos, y al final toda su ideología, aspiraban a lo mismo que el Estado soviético: la supresión del individuo, el aplastamiento de la persona por la fuerza arrolladora del sistema y de la masa, el pueblo unido con su líder en un monstruoso frenesí que muy pronto dejaría ver sus grietas infames, sus garras. Claro que eso no le gustaba a Chesterton, para el que nada había más importante, salvo Dios, que el ser en sí: cada quien, cada uno de nosotros, cada alma que puebla el mundo y le da sentido. Por eso era católico, decía. Y tampoco le gustaba Hitler con sus delirios raciales, con sus desvaríos germanófilos, porque de alguna manera estaba engendrando una religión en torno a la superioridad de Alemania. Una profanación, un abismo. Pero en el fondo Chesterton fue un hombre de su tiempo —y con esto no quiero defenderlo; ya esa me parece suficiente fatalidad para cualquier hombre en cualquier tiempo—, y además un hombre a secas: un ser falible y sometido por la vida y la época que le tocaron en suerte y en desgracia, que de seguro cometió toda clase de errores, quién no. ¿Que habría podido hacer y pensar y decir muchas cosas de otra forma, como además lo hicieron varios contemporáneos suyos? Claro que sí. Pero un hombre es lo que es, y punto. Una criatura confundida, temerosa, equivocada. Siempre.

Chesterton llegó a Villa Torlonia, la residencia del Duce, al atardecer. Era un palacio de veras gigante, aun para él, para su enorme cuerpo con el que hacía tantos chistes. Un paje lo recibió y lo hizo ir hasta el estudio, donde había dos sillas y una mesa para el café. Allí estaba Mussolini, que se paró muy enérgico y rápido a saludarlo. Se estrecharon las manos y el Duce le preguntó, en francés, que si podían hablar en francés, a lo cual Chesterton respondió que sí, que su francés era muy pobre pero que sí. Entonces se sentaron cada uno en su silla, sonriendo ambos. El relato del encuentro apareció en un libro del año siguiente titulado *La resurrección de Roma*: una especie de cuaderno de impresiones chestertonianas sobre la vida y el arte y la fe romanos durante su visita de tres meses en ese promontorio de Trinità dei Monti. Hasta hoy muchos críticos y admiradores lo consideran un libro fallido, y lo es: inconexo, caótico, disperso y negligente. Chesterton tuvo arrestos incluso para deslizar algo de su ingenio en la justificación de ese texto tan inferior a todos los demás que habían salido de su pluma: *De pronto vi delante de mí, abierto, un libro que no puedo escribir. Este libro es la prueba impresa de que yo no puedo escribirlo…*, dijo en el prólogo. Le atribuyó a la desmesura del objeto y a su propia pequeñez la imposibilidad de abordarlo y entenderlo y escribir sobre él, sobre Roma y la eternidad. Lo cierto es que ese libro refleja más bien el aturdimiento que le produjo la misión encomendada por el papa. Aun allí, con Mussolini, no podía pensar sino en ella. Por eso el relato del encuentro es mucho más vívido y sincero en su diario, con las transcripciones de todo el diálogo entre los dos y no solo los fragmentos que salieron después en el libro, casi inventados, salvo la parte del "distribucionismo" que tanto apasionaba a Chesterton.

—Mi buen amigo, es un placer —le dijo el Duce ya sentados a la pequeña mesa, mientras los sirvientes traían el café y las galletas y una botella de vino; se lo dijo en un francés que estaba muy lejos de serlo, pero en esa época la ignorancia del francés era la lengua universal en que se entendía medio mundo.

—El gusto es todo mío —respondió Chesterton tratando de exprimir lo mejor que podía los recuerdos de sus viajes a Francia, sobre todo el primero que hizo con su padre en 1892: todo el francés que sabía lo aprendió allí, a los dieciocho años.

—Dígame una cosa, querido maestro: ¿qué es la Iglesia de Inglaterra?

—Bueno… —trató de contestar Chesterton a esa pregunta que lo asaltaba por sorpresa y para la que no tenía ninguna respuesta, de verdad—, bueno: entenderá usted que para un inglés esa no es una pregunta nada fácil…

—Claro que no lo es —dijo Mussolini ya con una copa de vino en la mano, de la cual tomaba pequeños sorbos que iba paladeando con el mentón hacia arriba, haciendo que la lengua le sonara muy pasito entre el paladar y los dientes: unos dientes pequeños y afilados, pensó Chesterton y luego lo escribió en su diario, que parecían los de un lobo—. Claro que no lo es: por eso se la hago.

—Verá: puede ser una discusión muy compleja, pero para mí es muy sencilla si usted me la pone así, tan de golpe. Para mí, la Iglesia de Inglaterra es igual a la nuestra, la católica, solo que sin papa: sin autoridad pontificia, quizás lo diga mejor. Y como a mí me gusta la autoridad, por eso me hice católico.

—Y qué me dice usted de la controversia sobre el *Libro de las oraciones*… —preguntó Mussolini mientras se servía, nervioso y eléctrico, más vino; su pregunta se refería a la disputa entre las comunidades anglicanas por la reforma al devocionario que apenas hacía un año, en 1928, había aprobado el Parlamento.

—No sé —dijo Chesterton encogiéndose de hombros; ahora él también tomaba vino—: mientras no reformen el devocionario de nuestra Iglesia, que el Parlamento inglés haga lo que quiera.

Mussolini se quedó mirándolo con curiosidad y fascinación, la copa aún medio llena (de la última escanciada) y la cabeza de lado, como yendo hacia adelante con el cuerpo. "Brindo por la Iglesia de Inglaterra", gritó el Duce en un rapto, y luego le pidió a Chesterton que se sentara otra vez, pues ambos se habían parado durante la conversación eclesiástica que acababan de tener. Ahora debían hablar de literatura; "pues soy un gran lector", dijo el dictador, quien le imponía su ritmo frenético a la entrevista, en la que el pobre poeta inglés, según las propias palabras de su diario, sudaba y temblaba e iba viendo con horror cómo se le acababan las provisiones gramaticales y las palabras de su precario francés. Lo increíble era que Mussolini sí había leído a muchos de los mejores escritores británicos de los últimos tres siglos, y daba cuenta de ellos y de sus obras en un verdadero torrente de nombres y de títulos que le iba salpicando a Chesterton mientras él apenas balbuceaba, sonreía, se encogía de hombros de nuevo, tomaba vino, se limpiaba el sudor con su pañuelo y miraba hacia la ventana. Terminado el capítulo de crítica literaria, el Duce pidió que entonces, ahora sí, "hablaran" de política, a lo cual su interlocutor pudo apenas responder con una modesta opinión sobre el imperialismo; la iba a ampliar, pero fue imposible. Vino así una nueva exhibición de la más florida y poderosa retórica mediterránea de la que Mussolini era capaz, como otro ninguno en el mundo, caminando con gran vehemencia por el salón, el puño al aire. En un momento incluso empezó a marchar y a cantar: canciones del fascismo por entre cuyas letras libertarias se percibía ya algo del exceso en la influencia del vino. Le dijo a Chesterton que no fuera tímido —"*Vamos hombre, no sea tímido…!", me dijo en francés, y yo fingí, sin mucho esfuerzo, no entenderle; pero empezó a invitarme con las manos, como diciendo: "¡Venga, venga, no se quede allí sentado, buen hombre, baile y marche conmigo…!", ante lo cual no pude menos que pararme y bailar y marchar…*—, y lo invitó a bailar y a marchar con él. La escena detallada no está descrita en el diario, por supuesto que no, pero de solo imaginármela ya me da ataque de risa: el tirano con su uniforme marchando de un lado al otro, y el pobre Chesterton detrás, acostumbrado como estaba a no sorprenderse casi nunca con nada, a entender al ser humano y sus flaquezas, y a vivirlo todo como lo que es: un sainete, una opereta que si se llevara a un escenario sería increíble por absurda. Pero es la vida. Además, él mismo disfrutaba de cualquier oportunidad para mostrar su talento como actor y dramaturgo, así que ya entrados en gastos, y cuando el vino también lo había inundado, empezó a bailar y a marchar y a cantar por su cuenta canciones que improvisaba en inglés y en italiano, sin que importara siquiera que no supiera italiano. Ya exhaustos los dos cómicos después de su gran número, volvieron a la pequeña mesa donde estaba la botella. Bebieron una copa más. Entonces Mussolini, desgonzado en su silla, con la mueca propia y plácida del borracho, le pidió a Chesterton que le hablara del distribucionismo. "Por favor, contadme algo de esa curiosa doctrina vuestra…", le dijo. Lo que vino luego lo relató Chesterton tanto en su diario como en *La resurrección de Roma*, con muy pocas variaciones entre las dos versiones:

> *Me emocioné tanto ante la posibilidad de hablarle a uno de los jefes de Europa del distribucionismo, que el poco francés que me quedaba se me cayó al piso hecho pedazos. Lo que empezó a salir de mi boca era ahora una incomprensible jerigonza, con giros nasales y rugidos que de veras no sé a qué idioma prehistórico, anterior incluso a Babel, pertenecían. Temiendo que el Duce me tomara por un lunático, decidí que ya era suficiente y me paré haciéndole una reverencia para despedirme. Él, sonriente, tambaleante, me hizo una reverencia también a mí, con una frase de cortesía que me halagó aún más allá del vino: "Pensaré en todo lo que me dijo…", dijo, y cruzó la puerta y no lo vi más…*

Los pajes de Villa Torlonia ayudaron a Chesterton a bajar las gradas, que era de verdad como bajar por ellas al Vesubio rebosante de lava. Se puso su abrigo y salió caminando; les dijo adiós a los dos chambelanes.

Caminando llegó Chesterton a su hotel tres horas después. No era tan largo el camino, la verdad, pero a su edad todos los caminos ya empezaban a ser largos. Además, había parado varias veces a descansar o a contemplar alguna iglesia o alguna fuente. Feliz, perdido en la noche, oyendo el rumor de sus pasos por Roma, ciudad de gatos y de flores en el piso. No podía dejar de pensar en la misión que le iba a encomendar su santidad, aunque ya habían pasado demasiados días y todavía nada: ni una sola señal, ni una noticia de cuándo iba a empezar todo o cuándo se verían. Llegó a su habitación y Frances acababa de cenar con Dorothy Collins. Por suerte los dolores del abdomen ya se le habían quitado por completo a su mujer. Él se le acercó a darle un beso en la frente; ella le acarició la cabeza, le dijo que otra vez se había echado el vino en vez de la loción, que lo amaba. Sonrieron. Ambos estaban rendidos, al acostarse los venció el sueño. No hablaron, que era lo que hacían siempre antes de dormirse. A la mañana siguiente vinieron de nuevo el tañido de las campanas, los pájaros aleteando muy cerca de la ventana. Los tres ingleses bajaron a desayunar y cuando salían los interrumpió el conserje.

—Esto es para usted, míster Chesterton —le dijo y le entregó una esquela: una pequeña hoja con el sello pontificio, rojo y de cera, en la que se le pedía que esa tarde fuera a los aposentos del papa en San Pedro. No decía nada más: *Su santidad le envía sus bendiciones y lo espera esta tarde, a las 18 horas, en su despacho personal. Alguien hoy le dirá cómo llegar…* Frances leyó también la tarjeta; "será el mejor día de tu vida", le dijo a su esposo con verdadera ilusión. En su diario Chesterton escribió:

Ah, mi pobre y adorada Frances. Siempre pensando bien de todo, justificando al mundo. Me atormenta no poder decirle nada, pero esta noche, después de hablar con su santidad, podré hacerlo por fin…

Desayunaron en el lugar de siempre, solo que esta vez, de la emoción, casi ninguno pudo comer nada.

Pero antes de su cita con el papa ese día, Chesterton tenía que hablar en el Colegio Norteamericano, adonde lo habían invitado como conferencista no más poner un pie en Italia. Daría un discurso a la hora del almuerzo sobre la literatura victoriana. Llegó muy puntual a la hora convenida y rápido lo llevaron al salón donde iba a disertar: era en verdad una larga mesa, con él en el centro, ante un micrófono y sus platos, y el rector del colegio a su lado. Los asistentes eran estudiantes e invitados de honor, ávidos todos de disfrutar de la famosa ironía del maestro. Como si más que un novelista y un poeta fuera un cómico. Pero el orador estaba tan nervioso, tan tenso por su encuentro de la tarde en San Pedro, que apenas pudo articular un discurso lleno de lugares comunes sobre los autores ingleses del siglo XIX. Claro: la gracia y el ingenio de Chesterton eran tan grandes, tan naturales, tan suyos, que incluso caminaban solos, sin que él se diera cuenta ni los sacara de su manga. Por eso, en medio de sus vaguedades sobre Dickens o Thackeray, se le escapaban chistes que hicieron las delicias del auditorio, sin que nadie allí percibiera la desconcentración del conferencista. El único que transcribió en su diario da prueba de ello: "Tal vez me sea permitido decir que el mejor autor de la literatura victoriana fue la reina Victoria…". Además otra cosa curiosísima ocurrió: el rector del colegio, muy interesado en agasajar bien a su invitado de honor, le ordenó a uno de los meseros que se dedicara solo a él, y que le llenara el plato cada tanto. Con ese tamaño, la fama de Chesterton como un voraz comensal iba pareja con la de su sarcasmo y su talento, y adonde llegaba a comer se encontraba siempre, como una especie de privilegio y halago, con un doble plato o un plato más grande, o con que el mesero le servía el triple que a los demás. En este caso del Colegio Norteamericano la situación fue casi grotesca, porque al maestro le daban provisiones pantagruélicas de una pasta con tomate y carne y queso que estaba deliciosa, eso sí, y que él devoraba sin notar siquiera que se trataba de un plato infinito. Igual que el vino y los postres. Al terminar el almuerzo y la charla —pero sobre todo lo primero— el pobre Chesterton apenas podía moverse, desbordado por toda la comida que le acababan de imponer sus anfitriones. Fue el rector quien le dijo, en secreto: "No se preocupe: yo lo voy a llevar al Vaticano...". Chesterton lo miró sorprendido, pues cómo era posible que supiera eso, que él iba luego a San Pedro a verse con el papa. El tipo le guiñó entonces el ojo, dándole a entender que estaba al tanto de las cosas. Que no se preocupara, que Dios sabe cómo mueve el ajedrez del mundo.

Llegaron al Vaticano en un Alfa Romeo 6C 1500 (Chesterton lo reseñó en el diario con particular deleite y minucia; nunca en su vida había visto un carro igual) y antes de entrar al Palacio Apostólico el rector del Colegio Norteamericano se despidió de él. "Hasta aquí lo puedo acompañar, maestro", le dijo. "Muchas gracias por todo". Chesterton le dijo que al contrario: que muchas gracias a él por su amabilidad y por llevarlo "hasta las puertas del cielo". Ya la pesadez del almuerzo había pasado un poco y pudo abrirse camino por entre los corredores del inmenso edificio, el Palacio que en el siglo XVI había construido Sixto V. Tres sacerdotes lo condujeron hasta el despacho privado del papa. Allí le pidieron, con gran cortesía, que se sentara; su santidad lo atendería muy pronto. Chesterton se sentó agitado, más nervioso que nunca antes en su vida. Como lo escribió en su diario, si con Mussolini no había podido hablar por su mal francés, con Pío XI no iba a poder hacerlo porque se le había olvidado hablar del todo; así de aterrado estaba. Entonces entró el papa acompañado por Marco di Fiore. Se abrió una puerta y entraron ellos dos, Pío XI con *su cara angulada, de gafas, vistiendo una capa…* Di Fiore con su sotana impecable, las manos atrás. Chesterton se paró muy obsequioso a saludar con reverencia al papa. La escena la contó en *La resurrección de Roma*, pero mejor en su diario:

Me paré de inmediato y fui a saludar al sumo pontífice, con gran reverencia pero también paralizado por la emoción y los nervios. Él, en cambio, fue muy gentil conmigo, hablándome a veces en italiano y a veces en un inglés impecable con un rico acento italiano. Notó mi ansiedad y acaso para desembarazarme hizo un par de bromas, de muy buena catadura. Habló de mis libros con generosidad, lo cual me abrumó porque además parecía que de veras los hubiera leído, y me parece increíble: ¡un papa leyendo mis delirios y mis juegos, mis cosas! Como ya dije, me hablaba en italiano y en inglés y yo entendía todo; qué fenomenal epifanía, como si habláramos en lenguas. Entonces me pidió que lo acompañara a su habitación, con Marco di Fiore, y allí pude oír de su propia boca lo que

quería que hiciera, su "plan". Me hablaba excitado, frotándose las
manos. Solo Dios sabe cuáles eran mis vacilaciones, pero ante el
sumo pontífice no pude negarme más. Ya oyéndolo allí acepté el
encargo, resignado. Todo sea por la Iglesia y sus santos. Le dije, eso
sí, que no creía ser yo la persona indicada para tan compleja causa.
Que mis poderes, de tenerlos, eran muy limitados, y que solo los
había empleado en mi juventud y al servicio de pasiones oscuras y
bochornosas. Señalé a Di Fiore y lo puse como testigo de ello. Él
asintió pero también se encogió de hombros, como repitiéndome que
era una idea del papa, y que nada ni nadie en el mundo lograba
disuadirlo cuando algo se le metía en la cabeza. "Acepto entonces",
les dije; acepto entonces…

Al finalizar la reunión, el papa y Chesterton y Di Fiore
salieron de nuevo al estudio, donde un grupo de gente
esperaba para una audiencia con su santidad. Hablaron
todos allí un poco más, y muchos de los asistentes se
acercaron al novelista para declararle su admiración o
pedirle un autógrafo. Pío XI se dispuso entonces a ben-
decir a sus ovejas, que agacharon la cabeza en señal de
acatamiento y devoción. Antes de entrar de nuevo a su
cuarto, el papa llamó a Chesterton y le dijo en inglés que
esperaba mucho de él, que la suerte estaba en sus manos
—*"nunca mejor dicho", me dijo*—, que pronto volverían a
saber el uno del otro. Volvió a dar la bendición y la puerta
se cerró como imponiendo el silencio en la sala a pesar
de las voces. Como si la puerta y el cerrojo clausuraran
el mundo. Nunca lo pensamos así, pero así es: toda puerta que se cierra es un misterio, siempre, una luz que se
apaga. Un misterio para los que entran, también para los

que se quedan afuera. El silencio es el mundo que se va delante o detrás de las puertas.

Al regresar a su hotel, ahora en un carro del Vaticano no tan lujoso como el Alfa Romeo, Chesterton le pidió a Frances que salieran a caminar un poco, a solas. Igual Dorothy ya iba a dormirse en su habitación, así que podían salir tranquilos. Bajaron de la mano por las escalinatas; el agua de la fuente sonaba cada vez más cerca, horadando las piedras. Fueron hacia la derecha, hacia la plaza del Pueblo. Ya era de noche, el cielo de octubre plagado de estrellas pendía sobre ellos como si estuvieran solo ellos dos en el mundo. Y tal vez sí, basta nacer. Chesterton le dijo a su esposa por qué estaban allí, por qué habían ido a Roma. Le contó todo, lo de Marco Fiore y el papa y los misterios que no había podido explicarle en los últimos días. La misión que le habían encomendado y lo aterraba. Ella sonrió como siempre lo hacía. Levantó la cabeza para verlo a los ojos: ¡qué viejos estaban, por Dios! Ambos sonrieron ahora.

—Te amo —le dijo él.

—Todo va a estar bien —dijo ella—. Además, siempre has sido un gran actor.

El golpe de una puerta cerrándose sonó en la soledad de la noche.

VIII

Lo que el papa quería, para decirlo con toda claridad, era la tabla güija. Espiritismo puro y duro, sin tibiezas ni vacilaciones. ¿Era pecado? Quizá. Pero nada que se haga con la complicidad de Dios es pecado, trató de explicar Pío XI. Lo hizo con tantos silogismos, con tantos sofismas, que Chesterton no entendió nada, o no entendió al final si sí o si no estaba mal perturbar a los muertos dondequiera que estuvieran, en el cielo o en el infierno o en el purgatorio, o hasta en la vida misma, que también pasa. ¡Él, que era el maestro de la paradoja, no entendió nada! Esa fue la perplejidad con la que salió de su conversación en San Pablo con su viejo amigo Marco di Fiore: lo habían invitado a Roma porque querían que usara su talento como espiritista —Di Fiore lo recordaba muy bien, desde la juventud; esa fue la razón de su ruptura entonces, y esa era la razón por la que ahora el papa lo quería allí— para comprobar la santidad o no en unos episodios muy puntuales de la historia. Querían que él, con su máquina para viajar en el tiempo y hablar con los espíritus, dijera si esos hechos que se les atribuían a esos hombres habían ocurrido o no, y cómo habían ocurrido. Información fundamental para instruir cualquier proceso de santificación. Chesterton trató de explicarle a su amigo de la infancia, y luego al papa cuando lo tuvo en frente esa tarde en el Vaticano, con capa y gafas, que él no tenía ningún talento como espiritista. Ninguno. Que lo avergonzaba en lo más profundo que en su adolescencia hubiera tenido esas inclinaciones macabras, de las cuales además nunca extrajo nada claro, nada. Lo juraba. Con su hermano Cecil habían practicado la güija durante un par de años, sí, y algo al final había pasado, alguna noticia había llegado de alguna parte, quizás del más allá, qué importaba. Pero esas eran fuerzas que él no quería remover nunca más en su vida, menos por cuenta de la santidad de nadie, por muy cierta y muy santa que fuera. Ellos tenían que saberlo, por Dios: esas cosas no siempre funcionan, casi nunca funcionan. Ni siquiera cuando las oficia los expertos, qué decir ahora de un trunco aprendiz que por fortuna había dejado esa senda hacía muchísimos años, tantos que ni siquiera recordaba los rudimentos de esas artes malignas. No, por favor. Marco di Fiore le aseguró a Chesterton que el papa era más terco que una montaña; que cuando se le metía algo en la cabeza no había poder humano ni divino que lo disuadiera.

Y así fue: la tarde en que hablaron, Pío XI se mostró determinado a consumar su plan, que de seguro debía de parecerle genial, brillante. Se frotaba las manos y todo. Nadie le iba a creer a un exorcista o a un médium de la casa, a un jesuita que asegurara hablar con los espíritus o viajar en el tiempo para saber si unos santos lo eran o no. Con esos abogados del diablo que ahora trabajaban en el Vaticano, era imposible, y cientos de causas de santidad se iban por la borda día a día por culpa de la verdad, del rigor, de la ceguera de unos burócratas. Lo que Roma necesitaba era un elenco de santos: santos a granel, esa era su política y con ella iba a consolidar su poder en extensas regiones del mundo que ya empezaban a vacilar. ¿Demagogia? Era probable, pero ninguna empresa es mala cuando se hace en nombre de Dios. Así que el plan era perfecto: a Chesterton nadie le podía decir que no, ningún abogado del diablo iba a refutarlo. Era un converso y un gran teólogo y un gran novelista de prestigio internacional, y solo tenía que poner su oculto talento como pitoniso para confirmar algunos hechos de la historia que eran fundamentales dentro de varias causas que cursaban en la Congregación de los Ritos. Claro: el papa podía ejercer su poder sin necesidad de una treta así, imponerse y ya. Pero las pugnas políticas del Vaticano eran en ese momento, como siempre, tan truculentas y tan sórdidas, que prefería no quemar de entrada esa carta y jugar mejor con algo de inteligencia, con picardía. ¿Sonaba inverosímil, increíble? Allí adentro nada lo era. Una Iglesia levantada sobre los dogmas de la católica no tenía derecho a dudar de nada, mucho menos del misterio y de la magia y de los muertos. Eso lo sabían de sobra todos allí adentro, por Dios. Había que transgredir unas cuantas normas, sí, un canon aquí, un veto allá, un dogma acullá; pero esa tampoco era ninguna novedad dentro de los muros apostólicos, ni más faltaba. Y lo de menos era si Chesterton funcionaba o no con los espíritus, ese era un asunto menor. Lo importante era que fuera él quien hablara, que su palabra se oyera para abrirles el camino de la santidad a tantas almas que de veras se la merecían. O no, pero esa era una cuestión solo de Dios.

Como quedó escrito en su diario, Chesterton aceptó resignado la misión que le encomendaba el papa:

Solo Dios sabe cuáles son mis vacilaciones, pero ante el sumo pontífice no pude negarme más. Ya oyéndolo allí acepté el encargo, resignado; todo sea por la Iglesia y sus santos. Le dije, eso sí, que no creía ser yo la persona indicada para tan compleja causa. Que mis poderes, de tenerlos, eran muy limitados, y que solo los había empleado en mi juventud y al servicio de pasiones oscuras y bochornosas. Señalé a Di Fiore y lo puse como testigo de ello. Él asintió pero también se encogió de hombros, como repitiéndome que era una idea del papa, y que nada ni nadie en el mundo lograba disuadirlo cuando algo se le metía en la cabeza. "Acepto entonces", les dije; acepto entonces…

Le tenía terror a volver sobre esos pasos de su juventud, cuando según sus propias palabras, en su *Autobiografía*, se había extraviado por los laberintos del mal y de la confusión. Y no había nada quizás que lo avergonzara más que sus incursiones en el mundo de la magia y el espiritismo, porque allí le había visto los ojos al diablo, siempre decía. Esa era una certeza que lo había marcado de por vida: que el diablo existe y que acecha. Solo que al papa no le podía decir que no, qué remedio. Tenía que hacerlo. El diario refleja de manera dramática toda la tensión, la angustia de esos días, la escritura presurosa y casi atormentada del novelista. En el relato de la entrevista con el papa en su habitación privada, Chesterton dejó testimonio también del único momento de verdadera lucidez del que fue capaz cuando ya había aceptado colaborar con la Iglesia. De verdad no creía que él pudiera lograr nada, aunque si su santidad se lo pedía no quedaba otro remedio: lo iba a hacer, está bien. Por los santos lo iba a hacer. Pero tenía una condición, la única que se atrevía a exigir casi temblando. Y además no era para él, santo Dios, no, sino para su esposa, su adorada Frances. Por cada santo que él desenterrara del pasado, por cada reliquia con la que se alzara victorioso de entre el polvo, Pío XI hacía beato a un mártir inglés. Era lo único que pedía, su único capricho. (Mientras escribo esto una pequeña araña trata de escalar la pantalla del computador; atravesó un punto, varias letras, habría podido quedarse allí, ser parte de esta historia; ahora vuelve, camina a sus anchas tratando de romper el suelo, supongo, como si fuera de hielo y el mundo de agua…). Su santidad, por supuesto, estuvo de acuerdo. Trato hecho.

Las sesiones empezaron el 1.º de noviembre de 1929: el Día de Todos los Santos, qué mejor día. Chesterton, resignado e irónico, escribió en su diario: *Hemos debido empezar mejor en Halloween…* Un salón dentro del propio Palacio Apostólico fue dispuesto en secreto para que "llegaran los espíritus", como dijo con emoción infantil el papa. ¿No era una profanación practicar esas bellaquerías allí?, preguntó Chesterton, a lo cual le respondió el sumo pontífice que por favor no se preocupara, que estuviera tranquilo, que además allí, en esa sala, "solía trabajar en silencio Alejandro VI…" (!). Qué alivio, pensó decir Chesterton y lo puso en el diario, pero la verdad es que no tenía tiempo ni arrestos para el sarcasmo. Por primera vez en muchos años le costaba un gran trabajo encontrarles el ángulo cómico a las cosas, aunque habría bastado verse al espejo para contradecir tan modesta, tan falsa sensación:

... iba yo vestido con mi traje entero y mi chaleco, peinado por Frances para la ocasión, con un abrigo encapotado que me hacía ver como uno más de aquellos tres curas que miraban alrededor paralizados y boquiabiertos, solo que más viejo yo, por no decir que muchísimo más gordo, con un sombrero de mago Merlín que en mi cabeza parecía el de un cocinero, y acaso lo fuera...

Sacó la tabla güija de una maleta, la puso sobre la mesa, les sonrió a los sacerdotes sin saber muy bien qué más hacer, frotándose las manos; "es de muy buena calidad, la compré ayer en un anticuario...", les dijo como para romper el hielo. Y era cierto:

La tabla la compré en la víspera en un anticuario de Sant'Angelo. Me la vendió un judío, lo que no supe interpretar como el mejor o el peor augurio; era un anciano vivaz, de ojos sonrientes y traviesos. Muy pequeño y enjuto, aunque a mi lado ese no es un mérito particular. Entramos a su tienda Frances y yo, mientras Dorothy nos esperaba caminando por la orilla del río. El rector del Colegio Norteamericano me la recomendó: "No hay ningún lugar mejor para el esoterismo", me dijo con total desenfado, como si fuera la cosa más normal del mundo, como quien fuera a comprar un candelabro o un espejo, que de hecho allí los había de muy buena calidad. "Ese espejo tiene poderes", me dijo el anciano hebreo, lustrando uno que me había llamado la atención por el marco y por el vidrio, sin duda veneciano. "Dicen que perteneció a Casanova", añadió con malicia, como buscando tentarnos. "¿Ah, sí?

¿Y qué poderes tiene?", le preguntó Frances, amable y serena como siempre mientras yo esperaba la respuesta del judío, pues desde mi juventud aprendí a tenerle el debido respeto a todo lo que parece imposible. "Bueno, pues dice la verdad. ¿Le parece poca cosa?", dijo él y los tres sonreímos. Entonces, de una desvencijada maleta de cuero, hizo aparecer la tabla güija que le había pedido, de madera finísima y tallada con admirable pulso, muy vieja y peligrosa. "Es la mejor que tengo, jamás falla", me susurró, y estuve a punto de decirle que eso me parecía aún más grave, más perverso. Pero para no ahondar en discusiones inútiles, le pagué lo que me pidió y salimos de allí con el botín en nuestras manos, en la maleta de cuero que el viejo insistió en regalarnos. "Deben ir juntas, oh sí, oh sí…", nos dijo contando el dinero…

Esa tarde del 1.º de noviembre, Chesterton puso la tabla sobre la mesa y con cierto pudor, casi como ofreciendo excusas, encogido de hombros, les pidió en inglés a los curas que se sentaran con él, en círculo. La luz era tenue, como tocaba, matizada solo por la llama de los dos candelabros al lado de la mesa que hacía que las sombras temblaran en las paredes, como si los espíritus fueran los vivos que estaban allí sentados y no sus invitados aún por llegar. ¿Quiénes estaban con Chesterton en esa primera jornada y en las que siguieron? Marco di Fiore, a su pesar, cumpliendo el deber; Giuseppe Gianfranceschi, un jesuita; y Andrea Tisone, un salesiano muy cercano al papa. Cuando todos estaban ya en su silla listos para empezar, persignándose o rezando, con los ojos al acecho de cualquier ruido, implorando al cielo que nada saliera mal (salvo el mal), el escritor inglés dijo en chiste que el primer espíritu que invocaría, de tan grato recuerdo en esa misma sala en la que estaban, era el de Alejandro VI, el papa Borgia. Los curas se miraron indignados entre sí. Entonces Chesterton, derrotado, tuvo que decirles que era un chiste. Pidió que le pasaran el primer expediente, un enorme legajo con tapas de cuero y hojas viejísimas, algunos pergaminos inscritos con letra uncial: era la causa de santidad de casi todos los habitantes, en el año de Nuestro Señor de 1097, de Caraman, un pueblo francés que al parecer había protagonizado un milagro colectivo. Lo había hecho.

Su historia la cuenta el cronista Raimundo de Aguilers, quien iba con el ejército del conde de Tolosa en la Primera Cruzada. Pero como se sabe, esa cruzada no fue una sino muchas, desde cuando el papa Urbano II gritó su inicio en el concilio de Clermont en 1095, ¡Dios lo quiere!, para ir a Tierra Santa a batir a los infieles. Entonces miles de cristianos salieron de su casa como locos, de todos los rincones de Europa, la Europa occidental y católica y latina y germánica, a salvar su alma yendo a recuperar el Santo Sepulcro. No hay que olvidar que muchos de esos creyentes esperaban con verdadera ilusión el fin del mundo, el fin de los tiempos, muy pronto, a la vuelta de la esquina, y que el peregrinaje a Oriente tenía en ese momento una verdadera condición apocalíptica. Que se acabe esto ya, decían, gritaban los peregrinos, que alguien cierre la puerta y el último apague la luz. La cruzada de soldados —de caballeros, de ejércitos feudales— solo empezó en serio a finales de 1097, cuando el papa tuvo que volver a intervenir, dos años después de su primer alarido de combate, para que los señores de las "grandes naciones cristianas", como entonces se llamaban, protegieran a su gente, que llevaba esos mismos dos años yendo a Tierra Santa indefensa y confundida. A eso es a lo que se le llama "la cruzada de los pobres": a la travesía desbocada de millones de caminantes que no sabían ni siquiera dónde estaban, mucho menos adónde tenían que llegar, hasta dónde tenían que ir para santificar su vida miserable, ¡Dios lo quiere! Hambrientos, sedientos, pestilentes: los primeros cruzados iban en procesión hacia un abismo. Fueron los tiempos de Pedro el Ermitaño y muchos otros caudillos así que arrastraban con su carisma a las masas cristianas, sin tener la menor idea de qué hacer con ese poder feroz que la imprudencia de un papa había desatado. Por eso no fue raro que durante esos dos primeros años, del 95 al 97, la Cruzada no fuera una sino muchas, las de todos aquellos que se armaban de palos y piedras y corrían a "Ierosolym", y que su efecto principal fuera el pillaje: el caos y el pillaje y la perdición, Dios lo quiere. Tuvieron que llegar los ejércitos normandos, los provenzales, los lorenos, a sembrar el orden entre las turbas para que la Cruzada fuera por fin una realidad que acabó con la toma de Tierra Santa en 1099 por parte de las tropas latinas.

Pero en 1097, hacia noviembre también, Todos los Santos, los habitantes del villorrio francés de Caraman decidieron que ellos iban a hacer su propia cruzada, por qué no. Impregnados del espíritu místico de la época, se armaron hasta los dientes —vale decir que entonces casi nadie tenía dientes— con lo que encontraron a la mano, palos y azadones y cadenas, y proclamaron conductor al más joven de sus hombres, Fruberto, o algo así. Además se llevaron a sus mejores mujeres, vírgenes o no —vale decir que entonces casi nadie era virgen, entonces ni nunca—, y con ellas las reliquias y las joyas del pueblo, todas las que había. Mejor dicho: no quedó nadie allí, salvo los viejos y los perros, porque aun los lisiados y los pestilentes y los tarados fueron los primeros en alistarse para salir hacia Jerusalén, esperando con ello, quizás, salvar el alma o por lo menos curarse de sus males.

En noviembre se inició el peregrinaje de las gentes de Caraman, con un solo problema a cuestas: ninguno de los peregrinos tenía la menor idea de dónde quedaba Tierra Santa, ni siquiera una vaga intuición. Fruberto los tranquilizó, según la crónica de Raimundo, diciéndoles que preguntando se llegaba a Roma, que no temieran; pero un niño, con inobjetable criterio, dijo que ese era justo el problema: que ellos no iban a Roma, al menos no por ahora, sino a Palestina. Sin embargo siguieron su camino estos cruzados de improviso, con tan mala suerte que el duro invierno los acompañó a lo largo de la travesía, sin desampararlos, día y noche. Los muertos iban quedando regados sobre la nieve, como un sendero. Y los que no se morían desertaban, salteando encrucijadas, pillando en cada pueblo que se les atravesaba por delante en la ruta de su salvación. Pero los que seguían en pie no estaban dispuestos a rendirse, eso jamás: caminaban cada vez con más ahínco, persiguiendo las puertas doradas de Jerusalén, si es que tenía puertas.

Pasaron los días, los meses. Y un día por fin llegaron. O eso dijo Fruberto luego de hablar con un par de campesinos a los que se encontró una mañana cazando un ave. Hacía poco habían pasado los Alpes Orientales los peregrinos, así que allí debía de ser la Tierra Santa; el mismo niño de antes lo puso en duda, pues hacía demasiado frío. Lo hicieron callar. "Buenos hombres, decidme: ¿estamos cerca de la Tierra Santa?", preguntó en un latín de taberna el caudillo. Los campesinos se miraron sorprendidos. Uno de ellos levantó la cabeza para ver mejor a esa gente que aguardaba detrás del joven que acababa de hacerles la pregunta: un pueblo entero con sus reliquias y sus mujeres, demacrado de tanto caminar, exhausto, ahotado. Los dos lugareños se cruzaron ahora una mueca de complicidad y malicia; uno le hizo señas al otro para que fueran a hablar a solas, y eso hicieron. Al volver sonreían, levantando los brazos a manera de una cordial bienvenida. Le dijeron a Fruberto, en un latín aún más enigmático, que sí, que habían llegado a la Tierra Santa. Que se quedaran allí mientras ellos iban a la ciudad a anunciar su visita, por la cual habían estado esperando desde hacía meses, muchos meses. Los campesinos salieron corriendo y Fruberto le dio a su pueblo la buena noticia, recibida con gritos de felicidad y de triunfo por todos: las mujeres, los hombres, los lisiados, los tarados, todos. Era tal la algarabía que nadie oyó al niño decir que esos no parecían unos sarracenos.

La historia de los peregrinos de Caraman perdidos y estafados en Pécs, en la Hungría profunda, es una de las más tristes y hermosas de la Baja Edad Media. La versión de Raimundo de Aguilers era la misma que tenía Chesterton en ese expediente que le pasaron los curas: el primero de los muchos a los que habría de convocar en "sus" sesiones espiritistas en el Palacio Apostólico, *válgame Dios*.

¿Qué pasó luego, al regresar los campesinos donde Fruberto y su gente? Pues allí estaba el milagro que debían comprobar con la güija los cuatro médiums, y no se rían, *qué grotesca suerte la mía*. Porque en efecto, al volver, los dos timadores arengaron a los pobres franceses para darles la bienvenida a Tierra Santa. Les dijeron que los estaban esperando desde hacía mucho, que la ciudad y sus maravillas pronto se abrirían de par en par para ellos. "¡Adentro está la salvación!", gritó uno de los pillos. Seguid, seguid. Los peregrinos entraron a Pécs creyendo que estaban en Jerusalén. Iban con la cabeza gacha, conmovidos por la santidad indudable del lugar, oscuros bajo el cielo. Muchos se arrodillaban a besar el piso, otros corrían enloquecidos como si hubieran encontrado el Grial, y tal vez sí. Les advirtieron que los sarracenos no les harían daño, que estaban en son de paz siempre y cuando ellos pagaran bien por visitar los lugares sagrados. Podían dejar allí sus joyas y sus reliquias, claro que sí, también la virginidad o la virtud, si lo primero no era posible, de sus mujeres, cómo no, por favor, adelante, seguid, seguid. Ocho días estuvieron en esa falsa Tierra Santa los hijos de Caraman, oficiando misas, acariciando como un talismán cada piedra que veían. Salvando el alma. Al octavo día recogieron sus cosas y emprendieron el camino de regreso; lo habían dejado todo allí, pero había valido la pena. Antes de partir vieron por última vez la iglesia —es verdad que no se parecía en nada a la del relato de los otros peregrinos que habían estado en Tierra Santa, pero a quién le importaba— y lloraron mientras se daban la bendición. El niño que venía con ellos salió a despedirlos, pues había decidido quedarse para siempre en ese lugar. El camino de regreso fue tan penoso como el de ida, quizás más: eran menos y estaban más flacos, sin comida y sin agua, enfermos, perdidos. O no: perdidos no porque habían salvado el alma en la Tierra Santa, por eso volvían felices. Así entraron a Caraman los sobrevivientes de su cruzada, saludados por los que se habían quedado: algunos perros, algunos viejos. Nada garantiza nunca sobrevivir, ni yendo ni quedándose; basta nacer. Por eso esos hombres merecían ser santos. Todos en ese pueblo, todos los santos.

O al menos eso era lo que tenía que decir Chesterton, pues el milagro que acaso se tipificara en esa historia, según sus promotores, del lado de los cuales estaba el papa, por supuesto, era muy particular y tenía muy pocos antecedentes dentro de la teología cristiana. A saber: que allí se había dado una verdadera "transubstanciación" de lugar por obra y milagro de la fe. Es decir, que esos pobres e ingenuos peregrinos de Caraman que no sabían ni dónde tenían los pies sobre la tierra, mucho menos dónde era Jerusalén, habían operado el milagro de asistir a la verdadera y única Tierra Santa con sus templos y reliquias, sin haberla visitado siquiera, transportados en un viaje místico que no tenía explicación humana. En otras palabras: ellos habían estado allí, sin que importara el lugar concreto donde lo hubieran hecho (?). ¿Era eso posible? Si Dios lo quería como un premio a la abnegación y a la fe, sí. Era un milagro. Y el estado de plenitud con que esos peregrinos habían regresado a su tierra, aun perdiéndolo todo (de la virtud de sus mujeres no hablemos), lo manifestaba. También sus testimonios, los pocos que pudieron recoger los cronistas, entre ellos el buen Raimundo. Así que ahora los promotores de esa causa de santidad, los habitantes de Caraman en 1928, habían llegado hasta el papa rogándole que intercediera por ellos, que pusiera sus buenos oficios en la defensa de una empresa noble como pocas. Era cuestión solo de probar ese milagro, pero es que a veces ese es el milagro. Esa fue la frase de Chesterton en su diario: *Como siempre lo intuí, probar un milagro es el milagro; todo en el mundo lo es…*

Chesterton trató de veras de recordar sus artilugios con la tabla güija, pero no pudo. Y no porque tuviera miedo sino porque ya estaba viejo; acaso esos juegos solo funcionen cuando uno es joven y tiene más tiempo para perder el tiempo. Hizo todo lo que creía y recordaba que se tenía que hacer, cada paso y cada frase como se los había enseñado Cecil, que era un maestro. Pero nada: ningún espíritu acudió a su cita, ninguna sombra se cruzó con la suya en la pared. El fuego de los candelabros aún ardía; los sacerdotes sudaban, esperando concentrados cualquier novedad. Entonces su mano empezó a moverse, la mano del novelista. Primero con timidez, luego con firmeza, yendo a cada letra sin la menor vacilación: "Sí", "No", "Es así". Chesterton preguntaba y su mano le respondía; o los espíritus, daba igual. Quería saber qué había pasado con ese pueblo allá en Hungría, en 1097. Cómo habían llegado a Jerusalén los peregrinos, aunque no lo hubieran hecho. "Sí", volvió a decir la mano. Los curas se miraron entre ellos maravillados, con risa nerviosa, moviendo la cabeza de un lado al otro. Incluso el jesuita estaba feliz y sorprendido, incluso él.

Chesterton escribió en su diario:

Siempre me gustó ser un actor, como dice Frances, siempre. Pero nunca creí que fuera tan bueno. Hoy pudo ser mi mejor función. Quizás, como esos dos rufianes húngaros, así le abrí la puerta a la santidad. Creer en los milagros es también un milagro.

IX

En la relación de méritos de la causa de santidad de Chesterton escrita por el padre Cicognani, aparecen narradas con pericia y fervor cada una de sus jornadas espiritistas de 1929 en el Palacio Apostólico: los diez días de noviembre —el 1.º, el 3, el 5, el 10, el 12, el 15, el 17, el 23 y el 28, según el expediente, implacable como todo calendario— que el maestro pasó descifrando pergaminos y viejos documentos para confrontarlos en el acto con lo que le decían los muertos. Ahí estaba el milagro que el relator de la causa de santidad de Chesterton buscaba demostrar: su don profético, o más bien al revés: su capacidad sobrenatural para volver sobre el tiempo como si fuera un vidente del pasado, un adivino a contrapelo. Su capacidad sobrenatural para deshacer los pasos de la historia y descubrir en ella la verdad, diciéndola, inventándola. Destejer y tejer el tapiz, eso se supone que era lo que había hecho Gilbert Keith Chesterton, una novela, *válgame Dios*. Lo contaban esas hojas con la letra sepia, negra algún día, el olor y la nostalgia de la madera, del polvo. Cada santo que había llegado a los altares por cuenta de este creyente que ahora merecía también el suyo propio, pues gracias a su mano de profeta, de poeta, los espíritus habían hablado, sacudiendo con su voz las sombras en la pared que los dos candelabros proyectaban con malicia antes de agotarse al atardecer de cada uno de esos diez días, hasta que alguien los volvía a llenar; como si solo ellos, de bronce y eternos, solo dos, supieran la verdad. El padre Cicognani quería demostrar que Chesterton era un santo y que ese era su milagro, abrir la puerta de la santidad. Toda su relación estaba sacada de la carta perdida de Pío XI en la que parecía no haber duda de los dones del novelista, de sus "poderes".

Yo leí maravillado la relación esa noche de Padua y hoy la tengo aquí a mi lado, fotocopiada aunque el padre Vincenzo me advirtiera que no, que los dueños de Dios no perdonaban esas cosas, que sus ojos lo sabían todo; pero ya no me importan esas advertencias, no sé si se cumplan algún día. Vivir es sobrevivir, también; basta nacer. Sobra decir que esa primera vez que la leí, con su latín macarrónico, sentado en el comedor mientras mis hijas roncaban en el cuarto de al lado y el amanecer apenas se abría paso, me pareció increíble, como la novela que era. Cada milagro de Chesterton, cada incursión suya en el pasado para desenterrar a un santo, parecía una historia escrita por él mismo, una de sus fantasías magistrales. Y luego, cuando tuve su diario en las manos, descubrí que así era; y ese me pareció un milagro mejor. Pero no me desvío, no todavía.

El segundo episodio de la historia escogido para aclarar un caso de presunta santidad —según la relación del padre Cicognani, según también el diario de Chesterton— fue el del falso Martin Guerre: en 1548, acusado de robarle trigo a su padre, un vasco de ese nombre tuvo que huir del pueblo francés de Artigat, en los Pirineos, adonde su familia se había ido a vivir desde que él era niño. Allí se casó con Bertrande de Rols, una joven muy joven de buena familia. Pasaron ocho años sin tener un hijo hasta que por fin, una tarde de otoño, lo concibieron: Saxi se llamaba. Pero en 1548 Martin tuvo que huir de su hogar perseguido por su propio padre, que lo acusaba de haberle robado el trigo. Nunca más se supo de él. En 1556 regresó, sin embargo, con la cicatriz en la cara que había tenido toda la vida; con los dientes desportillados y oscuros, los ojos ladinos de siempre. Todo el pueblo lo recibió alborozado, aun su esposa, que le abrió de nuevo las puertas de la casa y muchas otras cosas, hasta tener una hija más. Solo Pedro Guerre, el hermano del padre ahora muerto, quien se había casado con la madre, su excuñada, sospechaba que su sobrino no lo fuera de verdad, pues alguien que decía haberlo visto en España durante los años de ausencia le dijo un día que Martin había perdido una pierna, que peleaba en uno de los tercios de un tal Mendoza. Aunque era imposible creerle al tío Pedro, pues se disputaba la cuantiosa herencia del padre, su hermano, con ese hijo recién aparecido: ese hijo que lo sabía todo de su propio pasado, al que su esposa adoraba más que nunca y en el que veía a su hombre de antes solo que mejor, más justo, más suyo. Pronto los rumores de la impostura empezaron a correr, hasta develar el verdadero nombre del falso Martin Guerre: Arnaud du Thil, un rufián de una población vecina al que varias veces, antes de "regresar" a su vida que no era la suya, habían confundido con el desaparecido y verdadero Martin Guerre. Fue así como se le ocurrió la trama al impostor, llegando a averiguarlo todo sobre ese fantasma, ese recuerdo al que pronto pudo usurpar sin que nadie pareciera molestarse, o aun peor: sin que nadie pareciera darse cuenta, ni siquiera su esposa. Ella parecía ser la más feliz; de hecho, cuando el tribunal de Toulouse quiso enjuiciar a Martin, o quienquiera que fuera, se opuso con vehemencia, jurando que ese y solo ese era su marido. Hasta que volvió el verdadero, sin su pierna, pidiendo de vuelta lo que le habían quitado; la pierna no, lo demás sí. Arnaud du Thil fue quemado en una fenomenal hoguera —Montaigne estaba allí— y la vida fue otra vez como había sido antes: una verdadera farsa. A veces es mejor creer solo en la ficción.

Chesterton preguntó estupefacto si querían que él hiciera santo al falso Martin Guerre, a Arnaud du Thil. Le parecía de veras un exceso que ni siquiera sus espíritus, que ya les decía así, iban a tolerar. Ni siquiera ellos, que ya era mucho decir. No, no, le dijo Marco di Fiore: tampoco estaban locos, por amor a Dios, qué cosas decía. La causa de santidad era por la esposa (de ambos, quiso bromear Chesterton, pero se contuvo; aunque en su diario sí escribió la frase con signos de exclamación: *¡La esposa de ambos, querrá decir!*...), que había soportado con abnegación tantos sufrimientos y tantos sobresaltos: primero la huida de su marido, luego su regreso; luego la impostura, luego el desengaño, luego la hoguera; luego el regreso, luego la vida. Con dos hijos del mismo hombre que no era el mismo. Con el lastre de que la acusaran en aquellos días de negligencia y de complicidad al no reconocer a su esposo, pero es que a veces el amor es ciego. Chesterton leyó entonces el expediente de la pobre mujer, sustentado casi todo en el libro de François Gayot de Pitaval, y se puso manos a la obra, nunca mejor dicho. Con su gorro de mago Merlín y su capa, sus anteojos, su cara de resignación; mientras el jesuita y el salesiano y su amigo de la juventud seguían atentos sus órdenes, y las sombras temblaban en la pared esperando a los espíritus. Fuertes ráfagas de viento hacían vacilar la llama de los candelabros. Para "agilizar el proceso", el caso de Bertrande de Rols se "consultaría" junto con el de la esposa de Arnaud Lamaure, un noble francés que también había desaparecido, esta vez en el siglo XVIII, y al que habían confundido con un esclavo liberto, François Dastugue, que ni corto ni perezoso había hecho lo mismo que Arnaud du Thil: regresar por esa vida que no era suya, pero a fin de cuentas ninguna lo es. La había exprimido hasta sus últimas gotas, con una mujer hermosa y una herencia de gran señor, qué más le podía pedir uno a la vida, sobre todo a una vida que no era la de uno. *Ah, con estos franceses…* puso Chesterton en su diario.

Invocó de nuevo a los espíritus, fue directo al grano: ¿Eran santas esas mujeres? ¿Podían serlo? El milagro era ese: ellas, por obra del amor y de la fe y de la abnegación, habían logrado lo imposible: que los impostores de sus maridos dejaran de serlo, convirtiéndose de verdad en quienes ellos aseguraban ser, para preservar así la santidad del matrimonio y alejar la sombra perversa del adulterio. Obligatorio era añadir que las engañadas habían debido soportar el escarnio y la maledicencia, sumándole así a su santidad cotidiana la fuerza del martirio. "Sí", dijo la mano con firmeza: sí eran santas esas pobres mujeres, sin ahondar —yo lo hago— en que sin duda los sustitutos tuvieron que haber sido hombres muchísimo mejores que los verdaderos, razón por la cual ellas no solo no percibieron ninguna diferencia, sino al revés: la percibieron desde el primer momento, celebrándola en silencio, callándola, para que nada arruinara el triunfo de la ilusión y del amor. Así que sí eran santas esas mujeres, yo también las proclamo desde aquí como Fernando Vallejo a Rufino José Cuervo, el grande y el bueno, el mejor, decime cómo no voy a hacerlo, decime vos que de santos sabés más que nadie. Y si seguís jodiendo también te hago santo a vos, con tu piano y tu sonrisa y con tus perros, con tus cuentas como del santo rosario, para que regués de imprecaciones el infierno. El camino al cielo, el río del tiempo.

Es una lástima que el papa, luego, cuando Chesterton terminó su labor, no hubiera aceptado la canonización de ese par de mujeres admirables, ni siquiera su beatificación. Pero aun a él le pareció un exceso, sí, y entonces se detuvo allí para no abusar más de los espíritus: por muchos santos que necesitara la Iglesia, tampoco iban a llenar los altares de adúlteras, aunque hubiera ya allí gente muchísimo peor. Aunque para honrar su palabra le proponía un cambio al maestro Chesterton, como si se tratara de un álbum de calcomanías en el mundial de fútbol: Tomás Moro por ellas dos, santo Tomás Moro. Un mártir inglés que ya era beato, pero él, Pío XI, lo iba a volver santo. No en ese año de 1929 (lo hizo en mayo de 1935) porque tampoco podía abusar de su poder. Pero lo haría, de eso que no le cupiera duda.

Así pasaron esos diez días de noviembre de 1929 en el salón privado de Alejandro VI, invocando a los más estrafalarios espíritus para definir las causas de los más estrafalarios santos, tan estrafalarios que aun al mismo Chesterton, lleno de compasión e ironía, le producían algo de estupor, casi angustia. Aunque vale decir, según las entradas de su diario, que se iba afianzando cada vez más en su papel de pitoniso, y que incluso empezaba a gustarle ese juego en el que su talento histriónico, tan elogiado por Frances, le hacía mover los dedos como un verdadero experto de la tabla güija, hablando con el más allá como en una taberna, con una cerveza en la mano: una Fuller's helada y recién servida, que él acababa casi de un sorbo, limpiándose luego el bigote con inocultable placidez, esa sonrisa que solo era suya: la de un hombre bueno, comprensivo de todas las miserias que significa vivir. De hecho así ya les decía a sus sesiones espiritistas en el Vaticano: "la taberna", y Frances le oía encantada sus historias al volver al hotel, donde lo había estado esperando con un libro en la mano, o caminando con Dorothy Collins, o viendo los árboles y las ruinas de Villa Borghese; por esas calles de gatos y flores secas en el piso.

Primero con timidez y luego con arrolladora propiedad, Chesterton fue adueñándose de su misión, e incluso se permitía chistes con los que llevaba hasta el filo del abismo a los tres sacerdotes, para oírlos gritar de horror y luego devolverlos de un tirón que los hacía suspirar aliviados, limpiándose el sudor. Incluso el jesuita sudaba, incluso él. El maestro no decía nada, además, y cada uno de sus gestos, en broma o en serio, aunque al final todos eran en broma, estaba ejecutado con corrección y naturalidad, como si se tratara del asunto más grave del mundo. El 15 de noviembre, por ejemplo, antes de entrar a "resolver" la canonización del cardenal jesuita Roberto Belarmino, Chesterton les dijo muy solemne a sus tres colegas de aquelarre (pues eso eran) que había llegado el momento de llamar a los espíritus para una causa importantísima: la del padre Balbi, compañero de huida del sátiro Casanova en la cárcel de Los Plomos de Venecia. Los curas se miraron sorprendidos, pues ni siquiera sabían de esa causa ni tenían allí ningún expediente que hablara de ella. Chesterton hizo como si no le importara, e incluso se atrevió a decir: "Es más: creo que deberíamos canonizar también a Casanova". Él mismo se escandalizó por dentro de semejante desafuero, pero siguió el juego, dichoso. Entonces, ayudado por los espíritus, las sombras temblando en la pared, contó cómo los dos prisioneros habían huido de la prisión abriendo un hueco en el techo con un crucifijo. "Fata viam invenient", dijo en latín: las cosas siempre encuentran su camino. Todo el mundo en Venecia parece estar huyendo, de los lombardos, del tiempo. No pudo evitar una sonrisa Chesterton cuando les dijo a los tres que era otra broma, que acaso todo en el mundo lo sea. Pasó luego al expediente del cardenal Belarmino y su mano lo proclamó santo muy rápido, como si no hubiera que preguntar demasiado: "Sí". Ahí estaban además sus cartas a Giordano Bruno, la prueba de que antes de quemar a los herejes él había querido razonar con ellos, también con Galileo, pero eran tiempos infames en que la razón atizaba como nada las hogueras.

El 28 de noviembre, según su diario y según la relación del padre Cicognani, Chesterton invocó por última vez a los espíritus. Lo hizo con algo de nostalgia (son sus palabras), pues a pesar de sus prevenciones iniciales había empezado a disfrutar de tan extraña misión, sin duda la más extraña de su vida. Además, estaba tranquilo por no haber necesitado de la güija ni de sus poderes ni de los espíritus, solo de sus manos, como al escribir una novela. No podía decirlo, claro que no, pero era mejor así; mejor que remover esos recuerdos que habría sido mejor que no hubieran ocurrido jamás, pero ya era tarde. Siempre lo es. Lo que más nos maravilla de los milagros es que ocurren, que ocurren de este lado del espejo. Así lo dijo en su diario:

Como siempre lo supe, lo mejor de los milagros, lo que más nos asombra de ellos, es que ocurren todo el tiempo; tanto que no los vemos, que nos hemos acostumbrado a vivir entre ellos...

Cada una de sus invocaciones la usaría el papa como un argumento irrefutable para elevar a un santo a su debido altar. ¿Era pecado? ¿Inverosímil? Allí adentro nada lo era, por Dios. No había abogado del diablo en Roma que pudiera atravesarse ahora a negar la santidad de esos hombres y mujeres levantados del polvo, ni el diablo mismo. Y Pío XI era un tipo de palabra: cada santo salido de allí, era un santo y un mártir inglés que él hacía, que él añadía, un trato es un trato.

Era 1929 y el mundo empezaba a arder. Y muchas veces el papa se quedó callado. El mismo papa que negoció el concordato con Mussolini para resolver la *cuestión romana* y compensar a la Iglesia por la pérdida de sus estados con grandes riquezas y algo incluso mejor: la creación del Estado del Vaticano, donde el sumo pontífice era rey y señor, y nadie preguntaba por las finanzas de nadie, pues a veces es mejor no preguntar porque alguien responde; puede que alguien diga la verdad. Pero también criticó a Hitler, con fiereza, tanto como la inmoralidad del mundo y la concupiscencia, aunque los judíos lo acusaran luego de haber mirado para otro lado cuando la infamia ya se estaba metiendo por debajo de su puerta. Fritz Saxl lo dijo mejor al llegar a Londres con la biblioteca de Aby Warburg a cuestas, en un par de barcos salidos a hurtadillas, en la noche, del puerto de Hamburgo: "Hay momentos en que no decir nada es la peor manera de decir las cosas".

El 15 de diciembre de 1929, Chesterton vivió en Roma uno de los días más felices de su vida. Ese día de invierno, al caer la tarde, el papa Pío XI beatificó en San Pedro a los mártires ingleses y galeses que habían defendido en su patria la causa del catolicismo contra el triunfo anglicano. Varios de ellos estaban allí gracias a él; por eso escribió los nombres de todos en su diario con la emoción de un niño:

Thomas Alfield, John Amias, Robert Anderton, William Andleby, Ralph Ashley, Christopher Bales, Mark Barkworth, William Barrow, John Bodey, Christopher Buxton, John Carey, Edmund Catheriok, Ralph Corby, John Cornelius, Ralph Crockett, Robert Dalby, William Dean, James Duckett, John Duckett, Gerard Edwards, John Fenwick, John Finch, William Freeman, John Gavan, Miles Gerard, George Gervase, Hugh Green, William Harrington, William Hartley, Thomas Hemerford, John Hewitt, Sydney Hodgson, Thomas Holland, Richard Herst, John Ingram, William Ireland, Edward James, priest, Richard Leigh, John Lockwood, Thomas Maxfield, Ralph Milner, Robert Morton, John Munden, George Napper, Edward

Oldcorne, William Patenson, John Pibush, Thomas Pickering, Philip Powel, Alexander Rawlins, Richard Reynolds, William Richardson, John Roche, William Scot, Richard Smith, Edward Stransham, Thomas Thwing, Thomas Tunstall, Anthony Turner, William Ward, saint, Edward Waterson, Thomas Whitbread, Robert Widmerpool, Robert Wilcox, John Woodcock.

El Duce estaba allí también esa tarde de los mártires. Vio a Chesterton en la distancia, lo saludó haciendo el ademán de quien levanta una copa, con el mentón en alto, por lo que se veía aún más pequeño. Pero es que al lado de Chesterton todo el mundo era pequeño, aun en la distancia. Luego, al encontrarse, Mussolini le dijo en francés: "¡Brindo por la Iglesia de Inglaterra!", a lo que Chesterton respondió en italiano, o en latín, ya ni sabía: "Amen". Esa noche volvió a su hotel de Trinità dei Monti como si le hubieran quitado un peso de encima, un piano. Estaba radiante, de mejor humor que de costumbre, lo cual ya era mucho decir. Su esposa Frances también sonreía dichosa, recordando todavía la gloria que acababa de presenciar: ¡tantos nombres ingleses en San Pedro, tantos santos! Bajaron caminando los dos por las escalinatas, de la mano, oyendo el agua de la fuente encontrar su camino como todas las cosas del mundo; *Fata viam invenient.* Fueron hacia la plaza del Pueblo otra vez y allí pararon a abrazarse bajo una luna de otros tiempos: la luna llena y azul de Roma, se diría, que era como si hubiera estado esperándolos en ese lugar durante siglos para despedirlos. Supongo. Una puerta se abrió en alguna parte, quizás no muy lejos.

Antes de irse de Italia los Chesterton y su hija adoptiva visitaron en Rapallo, muy cerca de Génova, al gran caricaturista y sabio y dandi Max Beerbohm, amigo desde hacía años de G. K.: desde el 4 de mayo de 1902, para ser precisos, cuando le mandó una nota que decía:

Estimado señor Chesterton:

Pocas veces he querido conocer a nadie en particular, pero me gustaría mucho conocerlo a usted. No necesito explicarle quién soy, creo, pues el nombre al final de esta nota es el mismo que ha recibido la entrada generosa a muchos de sus escritos, y no sabe cuánto me honra.

A modo de introducción personal y privada, puedo decirle que mi madre era amiga de su abuela, la señora Grosjean, y también de su madre. Como ya le dije, me encantaría conocerlo. Por otro lado, es muy posible que usted no tenga la ansiedad recíproca de conocerme a mí. En ese caso, nada podría ser más fácil para usted que decirme que está muy ocupado o muy enfermo o fuera de la ciudad, y que por lo tanto le será imposible almorzar conmigo, como le habría encantado, el próximo miércoles o el próximo sábado a la 1:30.

Su ferviente admirador, venga usted o no venga,

Max Beerbohm

Desde entonces eran magníficos amigos Chesterton y Beerbohm, aunque él se hubiera encerrado en el norte de Italia a pintar y a comer y a tomar vino, a practicar su talento por excelencia, la vida. Veía a muy poca gente y aunque llevara años allí no hablaba una sola palabra de italiano, ni le importaba. En Rapallo estaba también Ezra Pound, el formidable poeta, al que los Chesterton vieron una noche en la que no paró de arengar en contra del caos y el comunismo, mientras les describía su plan para arreglar los problemas económicos del mundo "en un solo día". *No conozco a nadie más inteligente y erudito que Ezra Pound, pero tampoco a nadie más loco…,* escribió Chesterton en su diario.

Al otro día inició su viaje de regreso a Inglaterra para alcanzar a pasar allá la Navidad. Había estado apenas tres meses en Italia y era como si fueran tres siglos o más. Frances dormía a su lado en el tren, serena e imperturbable; aun con los ojos cerrados era la persona más sabia en este mundo, la más hermosa. Puso la mano encima de la de ella. Entonces la miró con detenimiento, la suya, enorme y cansada. Sonrió. Vio por la ventana mientras los Alpes quedaban atrás. Los santos también, todos los santos.

X

Ocho días pasé encerrado en mi casa de Padua, o Padova, leyendo la causa de la santidad de Chesterton que me entregaron en Rialto los dos sacerdotes y Cinzia Crivellari, quien durante esa semana llamó siempre dos veces al día, muy temprano en la mañana y luego por la noche, antes de que empezara *Anno Zero* en la televisión. "E poi…?", me preguntaba en su italiano de Venecia, casi de Trieste, y yo le respondía que todavía nada. "Humo negro". Era para desesperarla, claro, pero también porque era cierto: durante esos ocho días fui leyendo el expediente hoja por hoja, con lupa, y además cada una de las fichas que lo acompañaban y de cierta manera lo hacían más confuso e inexpugnable. Esos pedazos de papel eran un rompecabezas aún más difícil que el del texto mismo, con notas en todas las lenguas, citas teológicas, números tan absurdos —todos lo son— que con ellos habría podido jugarme la lotería y ganarla varias veces; igual siempre con la lotería hay solo dos opciones, como decía una amiga: ganar o perder, al final da igual.

Lo cierto es que solo después de la tercera lectura empecé a entender las cosas un poco más: ese relato de los méritos de G. K. Chesterton que hacía el padre Amleto Giovanni Cicognani en la causa de santidad de 1958 ordenada por Juan XXIII, y los milagros que en ella se mencionaban, uno a uno, para justificar tan heterodoxa candidatura, la túnica blanca y enorme que a Chesterton igual le habría quedado pequeña. Cada sesión de espiritismo estaba descrita allí con el "tono mirífico" que san Jerónimo recomendaba para el asombro y la maravilla, a pesar del latín macarrónico de la redacción que por largos tramos hacía muy densa y muy farragosa su lectura, no porque no se entendiera nada, al revés, sino porque más que una novela, que eso era, eso es, parecía un informe de oficina, aunque eso fuera también; nada en la vida está a salvo, ni siquiera la ficción.

Lo primero que hice fue leer de corrido toda la relación; esa madrugada de la que ya hablé, hasta cuando sonaron las campanas de la iglesia vecina de Cristo Rey. Por la tarde volví a hacerlo, leyendo ahora con mucho más detenimiento cada una de esas páginas escritas con letra de seminarista, la tinta sepia, negra. Me costaba creer que Chesterton fuera tan buen espiritista; no que fuera un santo, no, ni que tuviera tanto talento, que eso ya lo sabía de sobra. Incluso sabía de su pasión por lo oculto y por la tabla güija, de la que él mismo renegó, con magníficas anécdotas y su insuperable sarcasmo, en su *Autobiografía*. Sin embargo, el padre Cicognani no parecía tener ninguna duda sobre sus dones de vidente, siguiendo la carta de Pío XI que luego se perdió (o no lo sé: hasta hoy nadie la ha encontrado, ni siquiera en los documentos cifrados de ese papa que el Vaticano liberó en el 2006) y en la que se referían los servicios del novelista a la Iglesia en 1929. Ahí estaban todos sus "milagros", cada viaje en el tiempo que esas manos enormes habían logrado: el de los peregrinos de Caraman, el de la viuda de Martin Guerre, el del cardenal Belarmino y diez o doce más, incluyendo uno alucinante sobre la plaga de baile en Estrasburgo en 1518, cuando un pueblo entero, en un rapto diabólico o divino, nunca se sabe, se lanzó a bailar durante días por las calles de la villa, mientras los danzantes iban cayendo muertos o poseídos por alguna fuerza sobrenatural. Confirmado el hecho por los espíritus que invocaba Chesterton, y confirmada su naturaleza blanca y angélica y no endemoniada, un grupo de fieles quería que esos mártires del baile y la felicidad subieran a los altares. "Supongo que bailando", pensé yo en ese momento, que fue lo mismo que escribió el maestro en su diario, cuyas páginas pude ver después: *Irían danzando*.

Al tercer día volví a leer otra vez todo el texto y tuve las cosas aun un poco más claras. Por lo menos en lo que se refería a la causa de la santidad de Chesterton. Ya sabía cuál era su estructura, cuáles eran los argumentos que la sustentaban, su estilo, su tono; incluso, con las dos lecturas anteriores, recordaba pedazos de memoria, intuyendo a la vuelta de cada página, a la vuelta de la esquina, lo que iba a aparecer: el relato de un milagro más o alguna reflexión teológica del padre Cicognani, siempre de exquisita factura. Los textos anglosajones, en cambio, no eran tan obvios. Hasta el punto de que el padre Vincenzo habría podido prescindir de mis servicios (cuando se lo dije luego no pudo evitar una sonrisa compasiva) y habría dado lo mismo, sin que ninguna pieza faltara para volver a armar el reloj y darle cuerda, tic, tic. En realidad no sé por qué, o sí, pero en fin, por qué el padre Cicognani interrumpía su relato en latín para escribir esas frases en inglés antiguo que en muchos casos, en la mayoría, ni siquiera tenían que ver con lo que estaba diciendo o pensando, ni tenían que ver con Chesterton, ni con nada de veras. Como si fueran enigmas irresolubles que él iba sembrando allí, trampas para que algún incauto cayera. Ahora que lo pienso, quizás eso fueran, eso eran. Yo igual traduje cada uno de los acertijos porque era lo que me habían pedido; ese era mi trabajo. Y me parecía un precio muy bajo por la dicha de leer el expediente delirante de la santidad. Luego me ocupé de las notas en las fichas, cuyo mayor misterio no era tanto lo que decían sino quién lo decía: qué mano había escrito, mucho después, esas apostillas en las que las anécdotas y los milagros de Chesterton se ampliaban y se enriquecían, o se ocultaban, también, con fragmentos en latín y títulos de libros, con frases de doctores de la Iglesia o de Virgilio, da igual, con fuentes reales o inventadas o apócrifas que tejían ese laberinto al cual traté de entrar durante esos ocho días largos con sus noches.

Al terminar, volví a poner cada hoja en su lugar, en la carpeta que me había dado en Rialto el padre Vincenzo: las hojas grandes y antiguas de la causa todas juntas y en orden, y cada ficha en la página que le correspondiera, quizás algún día alguien volviera a leer ese expediente y pudiera por fin descifrarlas; allí dejaba yo esa botella en el mar con un mensaje. También metí lo que me pareció que podía ser el mejor resultado del favor que se me había pedido: un resumen en italiano de la causa, pues traducirla toda habría sido una falta de respeto con curas que entendían el latín macarrónico muchísimo mejor que yo, y la traducción exacta, o casi, casi, de los fragmentos anglosajones con los que estaba salpicado el texto grande. Llamé a Cinzia para contarle que ya, que estaba listo, que nos viéramos en alguna parte de Venecia para devolverle los papeles y responderle lo que me preguntara, todo lo que quisiera, cada pequeñez que yo sabía que ella iba a hurgar con su malicia de mujer y su intuición de maestra, o al revés. Me dijo que no: que en Venecia no nos viéramos ("no se puede") sino en la estación de Padua, que de allí salíamos, sin esperar, en un tren hacia Roma.

—Compra dos pasajes en el Eurostar de las cinco; en ese nos vamos —me dijo.

En ese nos fuimos. No tuvimos tiempo ni siquiera de saludarnos, pues cuando me subí al tren ella estaba en una ardorosa polémica, como solo la pueden tener un par de italianos, aunque sean del norte —ella veneciana, como ya se sabe; él milanés o de ahí cerca, por su acento—, con el encargado de timbrar los tiquetes. El problema fundamental, como si estuviera enunciado en una clase de física, era que Cinzia se había subido al tren en la estación de Venecia y había tratado de comprar un viaje simple hasta Padua, donde me subía yo con los pasajes a Roma, en el mismo tren. Pero se le había hecho tarde o la máquina no le había permitido esa opción de compra o algo había pasado, y la pobre Crive, desesperada ante la perspectiva de no viajar y maldiciendo por haberme hecho comprar los pasajes a mí en Padua en vez de hacerlo ella desde Venecia, que era más fácil y se evitaba justo ese problema, la pobre Crive se subió sin pagar al primer vagón que pudo. Era la verdad, qué podía decir. Por supuesto, el trayecto hasta Padua fue un infierno, conociéndola como la conozco, debatiéndose en lo más íntimo de su ser veneciano sobre si le decía al controlador lo que le había pasado, con el riesgo altísimo de que la bajara en Mestre por timadora, o si mejor se quedaba callada y fingía como tantos allí en su misma situación, pues se sabe, según una de las más arraigadas tradiciones de Italia, que los tiquetes de esa ruta no se revisan sino desde Padua, jamás antes. Faltando muy poco para que el tren llegara a la estación, Cinzia me llamó desesperada a decirme en qué vagón estaba; me dijo que subiera por allí, que el controlador se le estaba acercando. Traté de decirle más bien cuáles eran nuestros puestos para que fuera allá a refugiarse mientras el tren paraba y yo entraba, pero ya era demasiado tarde: me había colgado, con todos los insultos en dialecto que se sabía a flor de labios. Abordé por donde ella me dijo: por el vagón 6, y ahí estaba en esa vehemente discusión con el controlador, quien la había oído hablar conmigo y se había dado cuenta en un segundo de lo que pasaba, pidiéndole en el acto su pasaje, como si en vez de ser un controlador italiano fuera uno inglés o alemán. Lo que más furia le dio a Cinzia —me lo dijo luego, ya cuando por fin pudimos saludarnos— es que el tipo lo hiciera por mala gente. No porque le importara de verdad que no se cumpliera la ley, era italiano y eso le importaba un comino, sino porque se había dado cuenta de todo y quería joderla. Por eso montó en cólera la Crivellari, que fue como la encontré al subirme, reconociendo que ella se había subido sin el pasaje, era cierto. Explicó entonces toda la situación, no solo al controlador, también a los demás pasajeros como si la estuvieran oyendo y les importara en algo su drama mientras maletas iban y venían y unos se bajaban y otros abordaban, entre esos yo mismo, y después de explicarla dijo que ella pagaba la multa, que se la hicieran allí mismo; pero eso sí le dijo al tipo: "Pero usted es un hijo de puta, eso sí". Fue un insulto tan radiante, tan ejemplar y profundo, que hasta los demás pasajeros lo oyeron, ahora sí, y el controlador se quedó mirándola como si la fuera a matar. Sonrió como sonríen los italianos en esos casos cuando ya están perdidos, miró a ambos lados moviendo su lápiz. "Por esta vez la perdono", dijo, "pero nunca vuelva a subirse en un tren italiano sin el pasaje". Entonces se alejó muy lento, el pobre, con su gorro mal puesto como el último símbolo de su autoridad malherida.

Le pregunté a Cinzia por qué teníamos que ir a Roma, que si pasaba algo. Me dijo que allá me contaba, que estaba todo bien. Pero por su silencio durante el viaje me pareció que no todo lo estaba. Apenas hablamos, del clima, del frío allá afuera, de la poquísima nieve que todavía cubría los caminos en el norte. ¡Pensar que esa misma ruta, pero al revés, de Roma hasta Venecia, la habían hecho mis abuelos en su luna de miel en febrero de 1939!: el mes y el año de la muerte de Pío XI, cuando el viejo papa se disponía con sus últimos alientos a enfrentarse por fin contra el nazismo y su demencia. Se había quedado callado por muchos años mientras el horror y la infamia desfilaban bajo su balcón; y no solo en Alemania, también en la Italia de su socio Mussolini, donde ardía el fuego en las piras y se oían las puertas cerrarse, restallar en la noche. Pero el papa no pensaba morirse sin decir lo que tenía que decir, ya no más. Así el cardenal Pacelli lo tuviera aislado, con su médico por carcelero. Así lo mataran, él no se iba sin decir lo suyo, lo gritaría desde la tumba si era el caso. Incluso les pidió a tres jesuitas que lo ayudaran a escribir su última encíclica, la cual iba a titularse *Humani Generi Unitas*: la unidad del género humano, una diatriba contra el racismo. La tenía sobre su escritorio cuando murió de un infarto el 10 de febrero de 1939. El mismo día, del mismo año, en que mis abuelos se subieron a un tren en Roma para ir a Venecia en su luna de miel. Lo extraño es que mi abuelo se quedó descansando en Padua esos primeros diez días de su nueva vida, sin moverse de allí, mientras su feliz esposa, mi abuela, visitaba cada rincón de esa isla que no era una sino muchas a la vez: Torcello, Pallestrina, Chioggia y sobre todo Rialto, un redentor sobre las aguas quietas de la laguna, las aguas verdes. Ella siempre contaba eso —se lo dije a Cinzia en el tren, fue una de las pocas cosas que le dije—, cómo había pasado su luna de miel sola en Venecia. Quizás por eso, siempre decía, le había durado tanto el matrimonio. Vi en mi teléfono la hora: eran casi las ocho de la noche, ya íbamos a llegar. Vi también la fecha: 10 de febrero.

En la estación de Roma Termini nos estaba esperando el padre Vincenzo. Lo vi parado en la plataforma, con abrigo largo y sombrero. Me pareció muy extraño también eso: que estuviera allí y no afuera en algún café, tranquilo, como si algo lo mortificara y tuviera que vernos justo al bajar. Nos saludó muy amable; "señor Thrillington", me dijo a mí. Y en vez de salir por la plaza del Cinquecento o por la vía Giolitti, que es por donde la gente decente —y la que no lo es también— suele salir de Termini, nos llevó con premura por metederos y pasadizos hasta la vía Marsala, donde un carro nos esperaba. Me iba a subir en un Alfa Romeo de vidrios oscuros, pero un grito del padre me previno: "¡Acá, acá, es acá!". Un Fiat 500 zapote y viejo: ese era el carro, allá, allá. Nos subimos los tres como pudimos, yo atrás con la maleta de Cinzia y ellos dos adelante, el padre manejando. Metí la mano en la bolsa que llevaba para confirmar que la carpeta todavía estaba en su lugar, siempre he sido un obseso de tocarme los bolsillos para confirmar que todo está donde debe estar. Arrancamos. Sin saber qué pasaba, porque algo tenía que estar pasando, ya me sentía como en un *thriller* de intrigas históricas y misterios policiacos y religiosos, esperando que en cualquier momento unos hombres en moto empezaran a perseguirnos por toda Roma. Dan Brown acariciando un gato en alguna parte. Pero la verdad es que no: el pobre Topolino apenas andaba, saltando como una cafetera vieja por las calles de la capital. De hecho parecía que fuera a desintegrarse por los senderos empedrados, y cuando subió hasta la iglesia de San Onofre, adonde íbamos, lo hizo jadeante y tosiendo, tacatacatacatacataca, tan lento que Cinzia Crivellari se atrevió a decir que nos iba mejor a pie, lo cual le produjo verdadero estupor al padre Vincenzo, quien movía con maestría el timón de su carrito, que vibraba al borde de salirse como todos allí adentro.

Llegamos a la iglesia y todo estaba oscuro. Más que afuera que ya era mucha gracia; el viento de la tramontana se metía por entre los postigos, silbando. Nos recibió el padre Giuliano con cara de circunstancia, y a los pocos minutos entendí por qué. Nos saludó con amabilidad, eso sí, y nos hizo esperar muy cerca de la puerta. Luego nos dijo que siguiéramos y lo hicimos hasta la nave central. Apenas un par de candelabros —¿serían los mismos?— iluminaban el lugar, cuando de una columna salieron dos sombras caminando muy lento. Una de ellas iba con sotana, sin ningún adorno, y la otra con el alba impecable, sin casulla pero con una manta brocada que debía de tener encima más de tres siglos, aunque oliera a lavanda y no al tiempo. Una, una sombra, era el cardenal Saraiva Martins y la otra Benedicto XVI. Me pidieron que les entregara todo el expediente con la causa de la santidad de Chesterton, les di entonces la carpeta.

—No hay ninguna copia, ¿verdad? —me preguntó el papa en italiano.

Aterrado le contesté que no; le dije esa mentira porque nada que se haga con la ayuda de Dios es pecado, creo. Lo vi un poco más de cerca: viejo, cansado, diría incluso que triste. Pero contrario a lo que muchos piensan, su trato era también amable y dulce, hablando sin énfasis ni pedantería, con una voz casi inaudible de marcado acento alemán. Entonces le entregó al cardenal la carpeta con los papeles. Saraiva los sacó, lo cual me pareció absurdo porque allí no se veía nada. Cogió primero las hojas grandes con la letra sepia y sin siquiera mirarlas las puso en el fuego, acercándolas a la llama de uno de los candelabros. Las botó al piso, ardiendo. Se hizo una pequeña hoguera que iluminó la cara de todos los que estábamos allí, nuestras sombras bailando en la pared como espíritus. Luego cogió mi hojita con las traducciones y el resumen y también la puso cerca del fuego, pero ahora sí para saber qué

era, y yo se lo dije. Me miró sorprendido, no sé si por la impertinencia o porque le estuviera diciendo un disparate: que esos textos anglosajones no decían nada ni servían para nada, que eran como un divertimento o una trampa en medio de la causa.

—¿No dicen nada, entonces? —me preguntó en italiano el cardenal.

—Nada —le dije.

Volvió a ver la hoja —mi hojita—, no sé cómo si la luz era tan difícil. La puso otra vez en el fuego y también ardió, cayendo donde estaban las cenizas de esa causa dentro de la que yo había vivido ocho días, día y noche, esa novela; su letra sepia que fue negra y que era el recuerdo del polvo y del tiempo; ahora más que nunca, las cenizas son el alma del fuego. Quedaban solo las tarjetas: ese puñado de pequeños papeles amarillos que algo decían sobre cada uno de los milagros de Chesterton: fechas, números incomprensibles, citas, nombres de santos, versos de Virgilio, anécdotas, misterios. Saraiva acercó una al candil y la vio con detenimiento, el papa también, a su lado.

—No hay duda —dijo el portugués—: es la letra de Bergoglio.

Pero no quemó los papeles, los guardó en cambio en su maricartera de cuero. La hoguera había parado, no se necesitaba más fuego; las sombras en la pared ondulábamos como banderas, como el alma y sus cenizas.

—Eso es todo —dijo el santo padre y se despidió de nosotros seguido por el cardenal, luego de darnos la bendición.

Salimos de la iglesia y nos montamos en el Topolino. Nadie decía nada. Además ahora estábamos aún más incómodos, pues el padre Giuliano venía con nosotros, brincando dentro del Fiat 500 por las calles de Roma. Llevamos a Cinzia Crivellari a la casa de un primo suyo donde se iba a quedar; luego al cura joven, muy cerca de allí. Me quedé solo con el padre Vincenzo, que puso música en el equipo del carro, la música de Percy Thrillington. El equipo, a diferencia del carro, era moderno y del futuro. Sonó la primera canción, *Too many people*: demasiada gente. La orquesta entera tocando. Le dije al padre que me llevara a la casa de mi hermana, que allí me quedaba yo esa noche. Me dijo que me había reservado una habitación en el Hotel Hassler, en Trinità dei Monti: que no me preocupara por el precio, que "Roma" pagaba; esa fue su expresión. Allá iba a estar más cómodo.

Llegamos muy rápido, pero antes de bajarme del carro, cuando ya me había despedido, el padre me dijo que tenía un regalo para mí, una prueba de su gratitud por todos mis servicios y favores. Le dije que el anglosajón no decía nada, que habría podido prescindir de mí y no habría pasado nada; me habría gustado decirle también que leer ese expediente era suficiente pago, que ese trabajo era mi premio, que encontrar un milagro era el milagro. No lo hice, por supuesto. Él igual sonrió y me dio un libro envuelto en un pañuelo amarillo de seda, de Hermès, con caballos estampados: era el diario de Chesterton que acababa de llegarle, ese cuaderno que luego leí tantas veces y que tengo aquí, ahora, a mi lado. Me aseguró que nadie en el mundo lo conocía, ni siquiera él mismo, no había querido leerlo ni

abrirlo. "Bueno —me dijo—, nadie no": la persona que se lo había enviado sí lo conocía, claro, Judith Lea, la secretaria de la secretaria de Chesterton que había heredado todos sus papeles y en 1990 se los había vendido a la Biblioteca Británica. Todos sus papeles salvo ese diario, en el que estaba el relato que hizo el maestro de sus servicios a la Iglesia en 1929. Le había escrito a ella pidiéndole alguna luz y a vuelta de correo había recibido ese libro, pero él no quería abrirlo ya, para qué: hay cosas que es mejor no saber nunca; hay cosas que es mejor ignorar para no perder la fe.

—Téngalo usted como un regalo o un recuerdo y haga con él lo que quiera; aquí ya no nos sirve para nada —me dijo mientras me daba la mano.

Subí la escalinata de Trinità dei Monti sin saber de verdad si eso me estaba pasando o no, si eran reales mis pasos o los daba en una novela. Solo se oía el agua de la fuente, abajo, a mis espaldas, corriendo sin que nadie la viera ya a esa hora. Había luna nueva: la luna antigua y azul de Roma, siempre. Una puerta sonó en algún lado, no sé si abriéndose o cerrándose. El restallido de una luz que se prende y se apaga.

Al día siguiente, 11 de febrero a las 11 y 45 de la mañana —me acuerdo de la hora exacta como si estuviera ocurriendo ahora mismo, y quizás sí—, Cinzia Crivellari me llamó por teléfono desde la casa de su primo; teníamos el tren de regreso a Padua y Venecia a las dos. "¿Estás viendo?", me preguntó. Le dije que no: que estaba leyendo, que si estaba viendo qué. Me gritó entonces que prendiera el televisor, que estaban dando la noticia en directo en todas partes.

En el consistorio romano, en latín, Benedicto XVI acababa de renunciar al papado.

XI

Llegué a Venecia a las seis de la tarde, como me lo pidió Cinzia Crivellari. Vente, me dijo. Ya el clima era mucho mejor, con el invierno dando su última batalla, en retirada. Pero estábamos a mitad de marzo, era una batalla perdida aun en el norte. Salí de la estación y atravesé toda la ciudad hasta llegar a Rialto, al mismo restaurante de la primera vez. Allí estaba ella con el padre Vincenzo, me saludaron, fui. Pedimos una botella de vino y una canasta de ostras con limón y aceite y pulpo y calamar. Entonces el padre nos dijo que había que brindar, que él pagaba; que además del vino trajeran champaña y rapé. Pronto se dio cuenta de su exceso y así lo reconoció: "Está bien, solo la champaña". Le pregunté que qué celebrábamos. "Ya verán", me dijo.

Nos contó entonces el envés de las cosas: aunque estuviera loco, Paoletto tenía la razón, qué loco no la tiene. Fuerzas muy oscuras y truculentas se estaban disputando a muerte el poder del Vaticano; como siempre, pero ahora mucho más porque en la mitad estaban el escándalo de la pederastia, los horrores financieros y la corrupción del Banco Vaticano, la crisis como nunca de la Iglesia y su fe. Como nunca no: como siempre. Por eso había renunciado el papa: porque estaba viejo y cansado, sin duda, y también porque sabía que no le quedaban fuerzas para enfrentarse desde adentro con sus enemigos. Eso tendría que hacerlo el que viniera. Ratzinger, sin embargo, no podía seguir callado; a veces no decir las cosas es la peor manera de decirlas. Y si no hacía algo las aguas putrefactas los iban a ahogar a todos. Ese era el sentido de la renuncia de Benedicto XVI, más allá de su vejez: mueran Sansón y los filisteos; que el piano nos caiga encima a todos, que algunos habrán de sobrevivir, esperemos que los buenos. Los enemigos de Roma eran pirañas que rondaban el barco y bastaba que cayera una nueva revelación al agua, como un pedazo de carne, para que todas se agolparan en minutos a devorársela, manchas de sangre subiendo a la superficie. Y las víboras arrastrándose por los aposentos de Dios, bajo la alfombra, librando su pulso de poder, de intrigas, de muerte; como siempre, como nunca. Quien al final había terminado por tener la razón era el mayordomo. Y dicen (decían) que Ratzinger no pudo soportar tanta verdad, que habría preferido que el niño de sus ojos estuviera mintiendo, que fuera un vulgar ladrón, que se hubiera robado esos papeles solo para ganar de más. Si no hacían algo el barco de la Iglesia se iba a pique. Ya lo estaba haciendo, lo está, pero algo tenía que pasar.

Por eso era tan raro que Paoletto hubiera sacado el viejo expediente de la causa de santidad de Chesterton, la primera y fallida y olvidada ilusión de llevarlo a los altares en 1958, justo cuando Juan XXIII iniciaba un proceso para salvar a la Iglesia abriéndola al mundo, purificándola. Y era aún más extraño que la hubiera vendido, que alguien hubiera pagado tanto por ella.

—¿Dan Brown? —pregunté yo.

—No, no, qué más quisiera yo —dijo el cura.

Nadie lo sabía, ni siquiera el propio Paoletto, o él sí pero no quería hablar.

La teoría que tenía el padre Vincenzo —"ahora imposible de comprobar, pues nadie puede deshacer el fuego", dijo; yo por supuesto miré hacia otro lado, que Dios me perdone— era que esos fragmentos anglosajones de la causa contenían una especie de mensaje cifrado sobre la situación del catolicismo en 1958, y también sobre los sectores más oscuros que en el interior del Vaticano necesitaban la corrupción para conservar su poder. Los mismos que ahora corrían como ratas tratando de conjurar el escándalo que amenazaba con arrasarlos por fin a ellos, que siempre se sintieron tan seguros y eternos. Yo le dije lo contrario: que esos fragmentos ingleses no decían nada de nada, que eran solo un delirio que el padre Cicognani había puesto allí como una trampa para que quizás algún incauto cayera, no más. ¿Por qué había hecho eso un hombre tan inteligente que no hacía nada en vano? No lo sé: tal vez para demostrar que en el mundo de los santos también funciona el azar, la poesía. Esa fue mi pretenciosa teoría, refutada de inmediato por el padre Vincenzo.

Lo interesante era que Chesterton encarnaba una idea del cristianismo y del catolicismo muy peligrosa: la del cristiano de verdad, el hombre compasivo y bueno que era capaz de tolerar, de reconocer con ironía sus errores y su pequeñez, aun él. Siendo uno de los más brillantes defensores de su fe, sin duda, pero de una manera que siempre era y será sofocada por los fanáticos, por los dueños arbitrarios de la razón desde cualquier orilla. Las notas de la causa, esos papeles diminutos y amarillos llenos de números y letras y versos y misterios, nos dijo el padre Vincenzo, los había hecho un novicio jesuita y argentino de paso por Roma en 1972, cuando estudiaba en Alcalá de Henares: Jorge Bergoglio, gran chestertoniano. Un proceso de santidad de un católico así como Chesterton, iniciado por Juan XXIII, era un mensaje que nadie había querido interpretar, casi una bomba. Ni siquiera el mismo papa Juan fue capaz de seguir adelante, pues muy pronto dedicó todas sus fuerzas al Concilio Vaticano II y se olvidó para siempre de Chesterton. Quizás lo hubieran obligado a ello, quizás le hubiera tocado negociar con esa carta. Quizás.

Serían poco más de las siete cuando las campanas de todas las iglesias empezaron a tocar a rebato. La gente gritaba en la calle que había humo blanco, que el cónclave había elegido por fin al nuevo papa. En el restaurante prendieron el televisor en el preciso instante en que el camarlengo decía en latín macarrónico, moviendo la cabeza como si estuviera borracho, que debía de estarlo: "¡Anuntio vobis gaudium magnum, Habemus Papam!...". Entonces dijo su nombre: el cardenal argentino Jorge Bergoglio, de la Compañía de Jesús. Miembro honorario de la Sociedad Chestertoniana de Buenos Aires. Cinzia y yo miramos aturdidos al padre Vincenzo, quien levantó con picardía su copa de champaña como diciendo: "Les dije que pronto brindaríamos". Nosotros levantamos la nuestra también.

—Dígame una cosa, Percy —me dijo el padre en medio del bullicio que no dejaba oír nada, mientras Cinzia a nuestro lado gritaba a bocajarro sus opiniones y sus perplejidades; ya me decía "Percy" el padre Vincenzo—: ¿era un santo Chesterton?

—Yo creo que sí —le respondí, ya medio borracho yo también, como todos allí y el camarlengo en San Pedro—, quizás por eso nunca lo hagan santo.

—¿Usted cree? —me preguntó, más intrigado por mi opinión que otra cosa.

—Sí —le dije—: es que era demasiado bueno y demasiado peligroso: un cristiano de verdad, un hereje.

—Y esos milagros… —me dijo, asegurándome que era lo último que me decía, pero qué remedio si yo era el único que había leído el diario, ¿no es verdad?, y yo asentí— ¿fueron ciertos esos milagros que estaban en la causa? ¿Verdad que sí?

—Sí —le dije después de pensarlo durante un par de segundos que a ambos debió de parecernos eterno, eternos—. Sí lo eran.

El pobre curita sonrió maravillado.

—¡Salud, Percy Thrillington! —me dijo levantando de nuevo su copa, otra más que ya había llenado.

—¡Salud! —le dije yo levantando la mía.

Llevamos al padre hasta la estación y allí nos despedimos de él. Volvía a Roma más alegre que nunca en su vida, según nos dijo, exhalando todavía la champaña. Cinzia y yo nos fuimos caminando por la calle Lunga. Me contó qué pensaba comer esa noche, que si quería estaba invitado. Le dije que no: que yo también volvía ya, que tenía que empezar a escribir una novela. Me hizo su cara mafiosa de saberlo todo y sonrió. Le dije que ella estaría allí —aquí—, le pregunté si le molestaba.

—*Caro mío* —me respondió—: llevo más de cincuenta años tolerando la realidad, ¿crees de verdad que a estas alturas de la vida me va a importar la ficción?

—¿Por qué estabas tan callada ese día, en el tren, cuando íbamos a Roma? —le pregunté.

—Porque al diablo sí le tengo miedo —me respondió—. Y fui yo quien te metió en todo esto y no quería que nada malo te pasara. No me lo habría perdonado. Por eso te dije que no se podía, que en Venecia no. Por eso viajamos a Roma: porque el padre Vincenzo me llamó y me dijo que el diablo acechaba, que no había tiempo que perder, que fuéramos. Y fuimos.

—¿Y por eso no me preguntaste nunca qué decían esos papeles, tú, Cinzia Crivellari?

—Sí, por eso —dijo sonriendo.

—¿Y quieres que te diga? —le pregunté, dispuesto a contarle todo, la verdad.

—No —me dijo—, no es necesario. Yo te creo.

Nos despedimos. Ya era de noche y sin embargo el agua de Venecia aún brillaba, verde entre las piedras. Un hombre en una tienda me ofreció un espejo, me dijo que había pertenecido a Casanova. Las campanas de todas las iglesias repicaban a rabiar y a lo lejos se oían sobre todo las de San Marcos, al lado de la cárcel de Los Plomos. La gente iba y venía por entre las calles y los puentes, caminando a toda prisa. Como huyendo de su sombra, de los lombardos, del tiempo.

Llegué a mi casa y vi las fotocopias de la causa de santidad, al lado del diario. Y dentro del diario esa nota de Judith Lea que solo yo leí, aunque iba dirigida al padre

Vincenzo junto con un ejemplar de la primera edición de *El hombre que fue Jueves,* la novela de Chesterton sobre el bien y el mal y los milagros, sobre los secretos con que está tejido el mundo:

Reverendo padre:

Tal como me lo pide en su carta, le envío algo que acaso pueda darle alguna de esas luces de las que usted habla: el cuaderno del maestro Chesterton escrito en los meses finales de 1929, en el preciso momento en que él, con la admirable devoción que lo distinguió siempre, cumplía la misión encomendada por su santidad Pío XI. Créame que para mí no es fácil remitirle este valioso documento, pues su propio autor dejó la voluntad expresa de que nadie lo conociera jamás. Incluso, cuando vendí todos sus papeles a la Biblioteca Británica, este solo quedó acaso como el último y verdadero misterio de la obra de G. K. Chesterton. Se lo envío, junto con la primera edición de El hombre que fue Jueves, *a manera de una respuesta a las preguntas que usted me formula en su carta sobre lo que pudo hacer Chesterton en Roma en 1929, y también para expiar, qué tontería, una especie de pecado que por suerte no alcanzó a consumarse. Fui yo, de hecho, quien le compró al mayordomo del papa, al señor Gabriele, el expediente de la causa de santidad de 1958, de la cual solo unos pocos teníamos noticia. ¿Cuál era mi propósito? Dirá usted que la codicia, pero en realidad no: quería ayudar así a todos los admiradores del maestro en el mundo para que no abandonen su fe y su fervor, para que no desistan en el empeño de verlo alguna vez en un altar. Quería también conocer la otra parte de la historia, supongo,*

escrita a contraluz de este cuaderno que hoy le mando. Sobra decir
que no me interesa recuperar el dinero que le pagué al mayordomo
por esos documentos que nunca recibí, pues como usted bien sabe
la policía los incautó antes de que él me los enviara; lo supe por
las noticias, como todo. Si algún día ese dinero vuelve a existir,
pídale por favor a quien corresponda que lo invierta en la causa
de los pobres, o en comprar libros, novelas policiacas, no sé.

Suya, Judith Lea

Volví a leer entonces el expediente de la causa; esa
novela de tinta sepia que un día pudo ser negra, y lo es,
aquí está. ¿Tendrá algún castigo engañar a la Iglesia, a un
papa viejo y cansado, a su cardenal, a los curas? No lo
creo, no lo sé: pero nada que se haga con la complicidad
de Dios es pecado, creo. Volví a pasar los dedos por los
textos anglosajones como Chesterton pasaba los suyos
por la tabla güija, haciéndola hablar, inventando su voz.
Solo que mi caso era el contrario porque yo los estaba
silenciando, como arrastrándoles un velo por encima.
El velo de polvo que siempre fue suyo. A veces no decir
las cosas es la mejor manera de decirlas, también. ¿Que
he debido contarle la verdad al menos al padre Vincenzo,
que esos fragmentos sí revelaban algo, que acaso su teoría sobre su oscuro significado era cierta? Quizá, quizá.
Pero él mismo me lo dijo: hay cosas que es mejor ignorar
para no perder la fe. Además, con lo que al final había
pasado, era como si todos estuviéramos de acuerdo;
como si todo se hubiera sabido. Así que no le dije que
esas traducciones mías, las que él vio, las que Ratzinger

y Saraiva recibieron y quemaron, no eran ciertas, y que las de verdad estaban en mi casa, aquí, conmigo. Al lado de las fotocopias y del diario y del polen, metiéndose por la ventana. Igual el fuego ya se había llevado consigo esa mentira piadosa, esa noche en la iglesia de San Onofre. Y su alma, las cenizas, las había arrastrado el viento. Que el fuego, algún día, dé cuenta también de estas palabras de verdad. Las traduje y aquí están. El secreto de toda novela con la tinta negra y sepia; las llamas que aún puedo empuñar:

Sēo cirice ne biþ nā þæt fæsten þæs sceaðan. La Iglesia no debería ser el refugio del demonio.

Hēahgǣst innan þǣm gāste biþ, nāht in þǣre worulde. La santidad está en el alma, no en las cosas.

Se hālga ācweald biþ ac feawe belīfaþ… El santo será denostado y unos pocos habrán de sobrevivir.

Þætt lēasspell is betera ðonne þæt sōð, for þǣm hit cȳþþ þā trēowe… La ficción es mejor que la realidad, mucho mejor, porque dice la verdad.

Sōðlīċe Chesterton an hālga wǣs: his cræft his wundor wǣs… Sin duda, Chesterton era un santo: su arte era el milagro.

Podría copiar todas las frases en esa lengua antigua y bárbara, y hermosa, que van destejiendo el relato de la santidad de Chesterton. Su santidad y su herejía, su bondad.

Pero no hace falta: la santidad no es cosa de santos. También me quedé, lo confieso, ya que estamos, con una sola de las notas amarillas escritas por el novicio Bergoglio. No creo que sea un pecado tampoco; la conservé por el nombre inscrito en ella: *La traducción de los fragmentos anglosajones es del maestro Jorge Luis Borges.*

Fata viam invenient: todas las cosas encuentran su cauce, todo en el mundo encuentra un camino. Lo que más nos asombra de los milagros es que ocurren, que vivimos entre ellos todo el tiempo. Por eso no los vemos, decía Chesterton.

Lo dijo viendo caer la nieve en Belén en 1920.

Basta nacer.

OCT 0 2 2014

OCT 07 2014